KB114737

LORD RAY SHADE

영주 레이샤드

한승현 판타지 장편소설

FANTASY FRONTIER SPIRIT

영주 레이샤드 1

한승현 판타지 장편 소설

초판 1쇄 찍은 날 § 2014년 5월 20일
초판 1쇄 펴낸 날 § 2014년 5월 27일

지은이 § 한승현
펴낸이 § 서경석

편집부장 § 권태완
편집책임 § 한승현

펴낸곳 § 도서출판 청어람
등록번호 § 제387-1999-000006호
등록일자 § 1999. 5. 31
어람번호 § 제1-1852호

주소 § 경기도 부천시 원미구 부일로 483번길 40 서경B/D 3F (우) 420-822
전화 § 032-656-4452 팩스 § 032-656-4453
http://www.chungeoram.com
E-mail § chungeorambook@daum.net

ISBN 979-11-316-9037-6 04810
ISBN 979-11-316-9038-3 (세트)

LORD

영주 레이샤드

RAYSHADE

저주받은 영지,
어린 영주

1

한승현 판타지 장편소설

FANTASY FRONTIER SPIRIT

LORD RAYSHADE

영주 레이샤드

CONTENTS

작가의 말

안녕하세요. 한승현입니다.

마도군주, 사이딘의 영주에 이어 오랜만에 판타지로 인사 드립니다.

라이프 시리즈인 현대물을 쓰면서도 늘 판타지 장르에 목이 말라 있었습니다. 출판 시장의 사정상 가볍고 빠른 호흡의 판타지를 써야 한다는 압박감 때문에 쉽게 손을 대지 못하고 있었는데 이렇듯 오랜 갈증을 풀 기회를 얻게 되어 얼마나 다행스러운지 모르겠습니다.

영주 레이샤드는 비운의 황자 레이샤드가 운명을 극복하고 저주받은 아베론 영지를 부흥시키는 이야기입니다. 레이샤드 일대기의 첫 번째에 해당하는 소설이며 그 배경은 중세 유럽을 바탕으로 하여 창조했습니다.

세계관이 중세와 비슷할 수도 있고 다를 수도 있으니 그 점 유의해 주시고요. 판타지 소설의 세부 갈래를 따지자면 영웅물과 영지물이 결합된 인물 성장형 판타지가 될 것 같습니다.

　많은 게 부족한 소설이지만 재밌게 읽어주시길 감히 부탁드립니다. 저도 완결까지 최선을 다해 부지런히 글을 쓸 것임을 약속드리겠습니다.

　출사표가 다소 길었습니다. 그럼 이제부터 영주 레이샤드를 시작하겠습니다.

거창하게 판타지 세계를 열며
한승헌 배상

Prologue

LORD RAYSHADE

1

지금으로부터 13년 전.

레오니스 제국에 괴변이 일어났다.

내전에서 잠을 자고 있던 황제와 황후가 독살된 채 발견된 것이다.

황실은 발칵 뒤집혔다.

대륙 최강국인 제국의 주인이 다른 곳도 아닌 황실에서 참변을 당했다는 사실에 하나같이 충격을 금치 못했다.

"누군가 궁에 들어왔다는 건 있을 수 없는 일입니다."

어렵게 정신을 수습한 황실의 궁내대신(황궁의 대소사를 총

괄하는 궁내부 최고직)은 외부인의 소행일 가능성 자체를 부정했다.

황궁은 건국 황제의 친우였던 드래곤 하이아시스가 새겨놓은 마법진으로 철저히 보호되고 있었다.

게다가 대륙에서도 최고의 정예로만 구성된 황실근위기사단과 마법병단이 한시도 쉬지 않고 경계하는 곳이었다.

이런 곳에 은밀히 숨어들어 와 그 누구에게도 들키지 않고 황제와 황후를 시해하고 도망쳤다는 건 결코 있을 수 없는 일이었다.

실제로 근위기사단과 마법병단이 황궁 곳곳을 살펴봤지만 외부인이 침입한 흔적은 어디에도 없었다.

"그렇다면 황실 내부의 소행이란 말인데……."

고심하던 재상 아메로스 공작은 제국 최강의 기사이자 죽은 황제의 친동생인 칼슈타트 대공에게 황제 암살 사건을 조사해 달라 청했다.

칼슈타트 대공은 친히 양성한 레드 스톰 기사단을 이끌고 대공령을 나섰다. 그리고는 황실을 장악한 채 황실의 모든 이를 조사하기 시작했다.

그 결과 조사단은 당일 행적이 의심스러웠던 궁내관 하나를 찾아낼 수 있었다.

그런데…….

"사, 살려 주십시오. 이 모든 게 황태자 전하께서 시키신 일입니다."

범인으로 지목된 궁내관으로부터 뜻밖의 토설이 나왔다.

황제 암살의 배후에 황태자인 하르베스가 연관되어 있다는 것이다.

"이건 모함이오!"

하루아침에 부모를 잃고 통곡하던 하르베스 황태자는 모함이라며 자신의 결백을 주장했다.

그러나 범인은 한결같이 하르베스 황태자를 물고 늘어졌다.

그를 두둔하듯 일부 궁내관들도 하르베스 황태자와 죽은 황제의 불화를 입에 올렸다.

"황태자 전하, 이런 결과가 나왔다는 사실에 저 역시 가슴이 아픕니다. 모든 증거가 확실하다지만 제가 어찌 조카인 황태자 전하를 벌할 수 있겠습니까. 그러니 전하, 자진해서 황태자의 자리를 내려놓는 게 어떻겠습니까?"

칼슈타트 대공은 하르베스 황태자에게 황태자의 자리에서 물러날 것을 종용했다.

그렇지 않으면 국법에 따라 죄를 묻겠다고 넌지시 협박했다.

"크옥! 숙부! 설마 이 모든 게 숙부의 계략이었단 말이오!"

뒤늦게 진실의 이면을 알아챈 하르베스 황태자가 악을 내질렀지만 상황은 달라지지 않았다.

이미 아메로스 공작을 비롯한 대다수의 귀족이 칼슈타트 대공과 함께하기로 뜻을 모은 상태였다.

칼슈타트 대공은 끝까지 버티던 하르베스 황태자를 황태자의 자리에서 끌어내렸다.

그리고 하르베스 황태자를 대신해 황제의 자리에 오른 뒤 하르베스 폐황태자를 대륙 북쪽 끝에 위치한 아베론 영지의 영주로 임명했다.

"우리 폐하께서는 마음씨도 넓으시지."

"그러게나 말이야. 부모를 죽인 조카를 용서한 것으로도 모자라 영주까지 시켜주시고 말이야."

진실을 모르는 백성들은 칼슈타트 대공이 지나치게 관대한 처벌을 내렸다고 투덜거렸다.

그러나 아베론 영지가 어떤 곳인지 잘 아는 귀족들은 칼슈타트 대공의 악독함에 치를 떨었다.

저주받은 영지 아베론.

모든 이야기는 그곳에서부터 시작된다.

제1장

저주받은 영지 아베론

1

아베론 영지는 인간들이 사는 대륙의 북쪽 끝에 위치해 있었다.

그래서 겨울은 유독 추웠다. 건장한 사내들조차 아베론 영지의 혹독한 추위 앞에서는 늘 몸을 웅크린 채 가슴을 여밀 수밖에 없었다.

콜록콜록.

싸늘한 공기를 타고 메마른 기침이 방 안을 울렸다.

단순한 감기라고 여기기에는 폐를 쥐어짜는 듯한 소리가 심상치 않았다.

그러나 미부인을 진찰한 신관 로베스는 언제나처럼 무표정한 얼굴로 말했다.

"감기가 조금 심해지신 것 같습니다."

"그런가요."

"바깥바람을 조심하시고 몸을 따뜻하게 하신다면 좋아지실 겁니다."

"알겠어요."

몇 차례 기침을 하던 미부인이 어색하게 웃음을 보였다.

파리한 안색과는 어울리지 않는 기품 있는 미소였다.

그 미소가 로베스의 마음을 흔들어 놓았다.

"여기, 성수를 몇 병 가지고 왔습니다."

로베스가 품속에서 엄지손가락만 한 병을 세 개 꺼냈다.

대륙에서는 흔한 것이었지만 이곳 아베론 영지에서는 돈을 주고도 구하기 어려운 것이었다.

"헬레나님께서 늘 고마워하시고 계세요."

침상에 누운 미부인을 대신해 하녀가 냉큼 성수를 받았다. 그리고는 마음에도 없는 감사의 말을 전했다.

"고맙긴요."

로베스가 쓴웃음을 흘렸다.

이들에게 감사받을 처지가 아니라는 것쯤은 누구보다 자신이 잘 알고 있었다.

헬레나 폰 아르메스.

제국에서도 손꼽히는 부를 축적한 아르메스 후작의 외동딸이자 한때는 레오니스 제국의 황후를 꿈꾸었던 여인.

만일 그녀가 황태자비라는 고귀한 자리를 유지했다면 자신처럼 별 볼 일 없는 신관에게 싸구려 동정이나 받는 일은 없었을 것이다.

그렇다면 로베스도 마기가 득실거리는 아베론 영지를 정기적으로 찾아오지 않았을 것이다.

그러나 애석하게도 헬레나는 하르베스 폐황태자와 함께 반역이라는 굴레를 뒤집어쓰고 멀고 먼 아베론 영지로 유배를 왔다.

그리고 아베론의 차디찬 삭풍과 음산한 마기를 견디지 못하고 시름시름 앓고 있었다.

로베스는 헬레나의 삶이 얼마 남지 않았음을 잘 알고 있었다.

제국으로 돌아가 최상의 치료를 받는다면 또 모르겠지만 지금으로서는 길어야 2년을 넘기 어려워 보였다.

무엇보다 헬레나는 삶에 대한 의지가 높지 않았다.

하르베스 폐황태자가 3년 전 갑작스럽게 세상을 떠난 이후로는 침상에서 전혀 일어나지 못하고 있었다.

그런 그녀가 현재로서 유일하게 기댈 수 있는 건 아들, 레이샤드뿐이었다.

그러나 애석하게도 레이샤드는 좀처럼 성 안에 머무는 법이 없었다.

하르베스 폐황태자의 죽음에 따른 충격이 큰 것인지 아니면 자신에게 주어진 가혹한 운명에 대한 일탈인지는 모르겠지만 정기적으로 검진을 받아야 하는 오늘 같은 날에도 코빼기조차 보이지 않았다.

"레이샤드님은 어디 계시느냐?"

로베스가 굳은 얼굴로 하녀를 바라봤다.

지난번 방문 때 이번 검진은 절대 빠져서는 안 된다며 하녀를 통해 신신당부를 해놓았다.

만일 오늘도 검진을 피해 자리를 비웠다면 하녀를 용서하지 않을 생각이었다.

그러자 하녀가 바짝 목을 움츠리며 말했다.

"그, 그게 제가 오늘은 꼭 검진을 받으셔야 한다고 말씀을 드렸는데……."

"그래서? 설마 오늘도 성을 나가셨단 말이냐?"

"대신 이걸 전해 드리라고……."

하녀가 품속에서 꼬깃꼬깃해진 종이를 꺼내 내밀었다.

그 위에는 삐뚤빼뚤한 글씨가 짤막하게 적혀 있었다.

나는 괜찮으니 신경 쓰지 마세요.

"허……."

로베스는 그저 코웃음이 났다.

아베론 영지를 오가는 유일한 신관인 자신의 검진을 뿌리치고 괜찮다고 우기다니.

이걸 치기로 여겨야 할지 불신으로 받아들여야 할지 알 수가 없었다.

어쩌면 레이샤드는 아직도 하르베스 폐황태자의 죽음을 잊지 못하는 것인지도 몰랐다.

하르베스 폐황태자가 갑작스런 암습을 받고 피를 흘리며 죽어갈 때 나이 어린 레이샤드는 울며불며 로베스에게 매달렸다.

제발 아버지를 살려달라며, 살려만 주면 무엇이든 다하겠다고 말했다.

그러나 애석하게도 로베스가 지닌 신성력만으로는 하르베스 폐황태자를 살리기가 어려웠다.

어쩌면 암습자는 이런 상황을 꿰뚫어보고 하르베스 폐황태자의 숨만 붙여 놓았다는 생각이 들 정도였다.

그토록 애원했는데도 눈앞에서 아버지가 죽었으니 레이샤드 입장에서는 로베스가 밉고 못 미더울 수도 있었다.

그렇다고 해도 자꾸 성을 빠져나가는 건 어떻게든 만류하고 싶었다.

그러다 마기에 감염되기라도 한다면 헬레나보다 먼저 죽을 수도 있었다.

"다음번 검진 때는 결코 빠져서는 안 된다고 말씀드려라."

애써 화를 누그러뜨리며 로베스가 하녀에게 엄포를 놓았다.

"네, 잘 알겠습니다."

하녀가 잔뜩 겁에 질린 얼굴로 연신 고개를 끄덕였다.

2

"으으, 춥다. 추워."

서리 낀 창밖을 내다보며 신관복을 뒤집어 쓴 여인이 이맛살을 찌푸렸다.

복도의 창문들은 하나같이 굳게 닫혀 있었다.

하지만 아베론 영지를 휘감은 한기는 두터운 창문을 뚫고 스며들어 와 여인을 몸서리치게 만들었다.

"스승님은 왜 이렇게 안 나오시는 거야?"

여인이 굳게 닫힌 헬레나의 방문을 돌아보며 투덜거렸다.

지금쯤이면 스승이 나올 때가 됐는데 방문은 꿈쩍도 하지 않았다.

그렇다고 다시 자신이 나왔던 방으로 되돌아가고 싶은 마음은 없었다.

한창 호기심 많은 꼬마 아가씨의 비위를 맞춰주기에 여인의 인내심은 그리 대단한 편이 아니었다.

"그건 그렇고 언제까지 이 지긋지긋한 곳을 와야 하는 거야."

다시 창문을 내다보며 여인이 불만스럽게 투덜거렸다.

스승의 일이니 마지못해 따르고 있긴 하지만 아베론 영지를 들락거리는 것 자체만으로도 그녀는 몸서리가 쳐질 지경이었다.

아베론 영지가 어떤 곳이던가.

세상 사람들이 저주받은 영지라 말할 정도로 마기가 넘실거리는 곳이 아니던가.

실제로 그녀가 직접 보고 겪은 아베론 영지는 사람이 살기도 어렵고, 뭔가를 이루고 가꾸기도 힘든 땅이었다.

이런 곳에서 아직도 버티고 사는 이들이 있다는 게 놀랍다 못해 경이로울 정도였다.

하지만 이런 사정을 잘 모르는 사람들은 그래도 신관이니 마기쯤은 충분히 이겨내지 않겠냐고 속 편하게 생각해 버린다.

물론 신앙심이 높고 오래도록 신성력을 수련한 신관들에게 마기는 그리 큰 위협거리가 아닐지도 모른다.

그러나 이제 겨우 견습 신관 꼬리표를 떼고 수련 신관이 된 여인은 영지 전체를 음산하게 감싼 마기를 보는 것만으로도 오싹함이 밀려들었다.

게다가 아베론 영지를 휘감은 마기는 신성력으로 밀어낼 만큼 호락호락하지가 않았다.

7년 전 죽은 하르베스 폐황태자의 간청으로 제국에 이름난 대신관들이 단체로 몰려와 아베론 영지에 신성력을 퍼부었던 적이 있었다.

그러나 효과는 그때뿐이었다.

대지 위로 짙게 내리깔린 마기는 좀처럼 사그라질 기미를 보이지 않고 있었다.

그나마 다행인 건 아베론 영지를 경계로 마기가 더 이상 내려오지 않는다는 점이었다.

이상하게도 아베론 영지의 권역을 벗어나는 순간부터 마기는 조금도 느껴지지가 않았다.

그래서 여인은 한시라도 빨리 아베론 영지를 벗어나길 바랐다.

그래야만 조금이라도 맘 편히 숨을 쉴 수 있을 것 같았다.

그때였다.

"으앗!"

불만스럽게 손톱으로 창가에 맺힌 성에를 문지르던 여인의 입에서 뾰족한 비명이 터져 나왔다.

잠깐 방심한 사이에 잘 다듬어 놓았던 검지 손톱 끝에 실금이 가 버렸다.

그것도 가로가 아니라 세로로 금이 가 버려서 어떻게 손 쓸 방법조차 없게 됐다.

"아, 진짜! 이게 대체 몇 번째야!"

상처 입은 손톱을 매만지며 여인이 볼멘소리를 냈다.

손끝으로 끌어냈던 신성력과 마기가 충돌하면서 그 여파로 애꿎은 손톱이 깨진 게 틀림없었다.

"에효. 불쌍한 내 신세야."

땅이 꺼져라 한숨을 내쉬던 여인이 손가락 끝으로 신성력을 끌어 올렸다.

신이 허락한 귀한 신성력을 고작 미용 관리를 위해 사용한다는 사실이 알려지면 스승에게 불호령이 떨어지겠지만 지금 그녀에게 중요한 건 금이 간 손톱이 더 이상 깨져 나가지 않게 하는 것이었다.

하지만 애석하게도 그녀의 힘만으로는 실금을 없애기가 어려웠다.

신성력이 많이 남아 있다면 또 모르겠지만 조금 전까지 꼬마 아가씨를 돌보느라 신성력을 대부분 사용한 닷에 마기를 이겨낼 힘이 부족했다.

게다가 때마침 들려온 차가운 문소리가 여인을 번뜩 정신 들게 만들었다.

"스승님! 왜 이제야 나오세요. 제가 얼마나 기다렸는데요."

여인은 냉큼 스승에게 다가가 투정을 부렸다.

스승이 조금만 일찍 나왔다면 손톱이 깨지지는 않았을 텐데. 그녀의 얼굴이 반가움과 원망으로 뒤섞였다.

하지만 여인의 스승, 로베스는 그런 제자가 조금도 달갑지 않았다.

"메이샤. 영주관이다. 목소리를 낮춰라."

로베스가 대뜸 이맛살을 찌푸렸다.

밖에서는 행동거지를 조심하라고 몇 번이나 일렀는데 여인, 메이샤의 가벼움은 좀처럼 고쳐지질 않았다.

만일 메이샤가 하녀였다면 그런 점이 귀엽게 보일 수도 있었을 것이다.

그러나 그녀는 신을 섬기는 신관이었다.

비록 지금은 수련 신관에 불과했지만 머잖아 정식 신관이 되어 포교와 구호 활동을 해야 하는 입장이었다.

로베스는 신관이라면 늘 몸과 마음가짐을 반듯이 해야 한다고 제자들에게 가르쳐 왔다. 그리고 그의 제자들은 대부분 그 가르침을 철저히 따르고 있었다.

그러나 유독 메이샤만큼은 로베스의 말을 귓등으로 듣는 듯했다.

그렇다고 딱히 성품이 나쁘거나 재능이 부족한 것도 아니 었다.

그렇다 보니 로베스는 늘 메이샤가 신경이 쓰일 수밖에 없 었다.

"앗. 죄송해요."

메이샤가 냉큼 손으로 입을 틀어막았다.

그 순간만큼은 스승을 난처하게 만든 게 진심으로 미안한 듯했다.

하지만 그녀의 반성은 그리 오래가지 않았다. 어느새 손을 내리고는 배시시 웃는 게 영락없는 철부지 어린애를 보는 듯 했다.

"그런데 날 오래 기다렸다니? 레이첼님은 잘 보살펴 드린 것이냐?"

복도를 따라 걸음을 옮기며 로베스가 넌지시 물었다.

자신이 헬레나의 건강 상태를 돌보는 동안 메이샤는 그녀 의 딸인 레이첼을 보살피기로 되어 있었다.

그러자 메이샤가 말도 말라며 손사래를 쳤다.

"그 꼬맹이가 어찌나 말이 많은지 귀찮아 죽는 줄 알았어요."

다소 무례한 말이었지만 잔뜩 일그러진 그녀의 표정으로 보아 꽤나 시달린 모양이었다.

하지만 로베스는 이번에도 제자의 무례를 넘어가 주지 않았다.

"꼬맹이라니. 엄연히 제국의 황족이시거늘. 말을 가려 하라고 하지 않았더냐."

로베스가 다시 한 번 메이샤를 꾸짖었다.

비록 황실 명부에 이름만 남은, 말 그대로 이름뿐인 황족에 지나지 않았지만 적어도 그들이 보는 앞에서는 철저하게 예를 갖춰야 했다.

그러자 메이샤가 못마땅하다는 듯 입술을 삐죽거렸다.

"꼬맹이란 말은 취소할게요. 하지만 스승님도 아시다시피 레이첼님이 오죽 말이 많은가요? 제가 묻는 말에는 대답도 안 하고 엉뚱한 질문들만 늘어놓으니 올 때마다 제가 치료를 하러 온 건지 말상대를 하러 온 건지 헷갈릴 지경이라고요."

메이샤가 자신의 고충을 알아달라며 푸념을 늘어놓았다.

하지만 정작 로베스는 제자의 철없음이 한심스럽기만 했다.

죽은 하르베스 폐황태자는 헬레나와의 사이에서 1남 1녀를 두었다.

그중 아들인 레이샤드는 아버지인 하르베스 폐황태자를 닮아 건강한 편이었다.

반면 헬레나가 난산 끝에 낳은 레이첼은 달랐다.

헬레나의 아름다운 외모뿐만 아니라 병약한 체질까지도 고스란히 닮아버렸다.

로베스는 그런 레이첼이 헬레나만큼이나 안쓰러웠다.

그래서 좋은 말벗이라도 되어주라고 수많은 제자 중에 여자인 메이샤를 골랐는데 정작 그녀는 레이첼을 제대로 돌봐주지 못하고 있었다.

그렇다고 이제 와 메이샤를 대신해 다른 제자들에게 레이첼을 맡기기도 어려웠다.

하녀의 말에 따르면 레이첼은 젊고 건강하며 철없는 메이샤를 무척이나 마음에 들어 하는 눈치였다.

"레이첼님이 오죽 답답하셨으면 그랬겠느냐."

로베스가 에둘러 레이첼을 두둔했다.

메이샤가 담당하기 전까지 그가 직접 레이첼을 돌보기도 했으니 그녀의 왕성한 지적 호기심에 대해 모르는 바는 아니었다.

종종 어른들조차 생각하지 못하는 엉뚱한 질문들을 해대어 로베스를 난처하게 만든 적도 많았다.

하지만 로베스는 그런 레이첼의 징그럽기보다는 가여웠다.

지금껏 단 한 번도 아베론 영지를 벗어난 적이 없을 테니 눈에 보이는 모든 걸 궁금해하는 것도 무리는 아니었다.

그러나 레이첼은 입술을 삐죽거릴 뿐이었다.

"그런데 스승님. 저희는 언제까지 에베론 영지에 와야 하나요?"

성큼 걸음을 내딛는 로베스를 쫓으며 메이샤가 불만스럽게 물었다.

처음 로베스가 아베론의 영주인 하르베스 폐황태자 일가를 돌보기 시작한 건 황제의 밀명 때문이었다.

표면적인 이유는 제대로 된 신전조차 없다는 아베론 영지에서 하르베스 폐황태자 일가의 건강이 염려된다는 것이었지만 그 속에는 하르베스 폐황태자 일가를 감시하며 혹여라도 불순한 의도를 보이거든 알리라는 현 칼슈타트 황제의 속내가 숨어 있었다.

그러나 메이샤는 자신들이 모시는 신 때문에 로베스가 자청해서 하르베스 폐황태자 일가를 보살피는 것이라 오해하고 있었다.

로베스와 메이샤가 섬기는 신은 대지의 여신 루베나.

그녀는 대지와 풍요를 관장하며 약자를 돕고 병자를 치료하는 신이었다.

그래서 메이샤는 늘 신전 내 다른 신관들도 하르베스 폐황태자 일가를 살펴야 할 의무와 책임이 있다고 역설해 왔다.

하지만 애석하게도 칼슈타트 황제의 밀명이 거둬지기 전까지 하르베스 폐황태자 일가에게 접근이 가능한 정식 신관은 오직 로베스뿐이었다.

"글쎄다. 아베론 영지가 계속되는 한은 어쩔 수 없지 않겠느냐?"

로베스가 에둘러 말했다.

구호 활동 이면에 숨겨진 권력과의 야합을 메이샤에게 들키고 싶지 않았다.

그러자 메이샤가 다시 입술을 삐죽거렸다.

"그나저나 이 영지는 망하지도 않는군요."

혹여라도 누가 들으면 큰일 날 소리였지만 메이샤는 거침이 없었다.

그만큼 그녀는 정말로 아베론 영지가 망하길 바랐다.

그래야만 자신이 아베론 영지에서 벗어날 수 있다는 걸 잘 아는 탓이다.

아베론 영지가 께름칙한 건 로베스도 마찬가지였다.

아베론 영지를 다녀올 때마다 온몸에 진득한 마기가 들러붙는 기분이었다.

그것을 신성력과 기도만으로 떨쳐내기란 쉽지 않은 일이었다.

그 과정에서 조금씩 신성력이 높아지지 않았다면 로베스도 칼슈타트 황제의 밀명을 지금껏 따르고 있지는 않았을 것이다.

그렇다고 해서 신관이 되어 아베론 영지가 망하길 바랄 수는 없는 노릇이었다.

아베론 영지가 망한다는 건 마기가 지금보다 더욱 짙어진다는 의미다.

다시 말해 마기의 영역이 아베론 영지 남쪽으로까지 확산된다는 뜻이었다.

"큰일 날 소리."

로베스가 다시 한 번 메이샤에게 눈총을 줬다.

철없는 제자라는 건 잘 알고 있었지만 가끔씩 생각 없이 말하는 걸 보면 가슴이 철렁할 때가 많았다.

"참, 스승님. 오늘은 레이샤드님을 만나 보셨어요?"

괜히 분위기가 머쓱해지자 메이샤가 냉큼 화제를 돌렸다.

로베스가 보살피는 건 헬레나만이 아니었다.

죽은 하르베스 폐황태자를 대신해 아베론 영지를 물려받은 레이샤드의 건강도 챙겨야 했다.

"오늘도 안 계시더구나."

로베스가 살짝 눈가를 찌푸렸다. 그러자 메이샤가 그럴 줄 알았다며 입을 나불거렸다.

"저도 오늘은 얼굴이나 한 번 볼까 내심 기대했는데 머리카락도 안 보이더라고요. 쳇. 우리가 얼마나 고생하고 있는데 고마운 줄도 모르고 말이에요."

"고마운 줄 모른다라······."

메이샤의 푸념에 로베스는 괜히 마음 한편이 씁쓸해졌다.

그녀의 말처럼 순수한 마음으로 하르베스 폐황태자 일가를 돌보았다면 얼마나 좋았을까.

뒤늦은 죄책감이 그의 양심을 무겁게 짓눌렀다.

그러나 이제 와 후회하기에는 너무 먼 길을 와 버렸다.

"타십시오."

성 밖으로 나온 로베스와 메이샤의 앞으로 이두마차가 도착했다.

푸릅! 푸르릅!

잠시 마기를 들이켰을 뿐인데도 마차에 매달린 말들은 상당히 성이 난 상태였다.

"서두르자."

로베스와 메이샤는 서둘러 마차에 올랐다.

"그럼 출발하겠습니다."

마차 문이 닫히기가 무섭게 온몸을 두꺼운 천으로 꽁꽁 싸

맨 마부가 채찍을 휘둘렀다.

다가닥다가닥.

대지의 여신이 아름답게 음각된 마차가 도망치듯 아베론 영지를 빠져나갔다.

그렇게 네 달에 한 번씩 이어지는 하르베스 폐황태자 일가의 정기 검진이 끝났다.

3

칙칙한 아베론 성과는 어울리지 않는 화사하고 아기자기한 방 안.

"에휴……."

그곳에서 앙증맞은 한숨 소리가 흘러나왔다.

"레이첼님, 왜 그러세요?"

창밖을 내다보고 있던 유모 에바가 고개를 돌렸다. 그러자 한숨의 주인공인 레이첼이 시무룩한 표정을 지어 보였다.

"유모, 이 지도 이상해."

"예? 뭐가요?"

"메이샤님이 주고 간 대륙 지도인데 우리 영지의 이름은 찾아볼 수가 없어."

레이첼이 손에 든 큼지막한 지도를 내밀었다.

지도의 한쪽 귀퉁이에는 분명 미노스 대륙 북부 지도라는 글씨가 큼지막하게 쓰여 있었다.

"어디 봐요."

에바가 침대 끝에 걸터앉아 지도를 내려다봤다.

레이첼도 마치 숨은 그림을 찾듯 예쁜 눈을 깜빡이며 지도의 곳곳을 두리번거렸다.

그러나 두 사람이 아무리 찾아 헤매도 아베론 영지라는 지명은 보이지 않았다.

'아참, 아베론은 대륙에 포함되어 있지 않지.'

에바는 뒤늦게 아베론 영지가 지도에 나와 있지 않은 이유를 깨달았다.

아베론 영지는 대륙의 북쪽 끝에 위치해 있다. 하지만 아베론 영지는 대륙 그 어느 나라에도 속해 있지 않다.

그렇다고 아베론 영지가 대륙에 몇 안 되는 자유 영지인 것도 아니었다.

개별적인 자치권을 갖는 자유 영지라 해도 특정국에 소속된 형태를 띠었다. 아베론 영지처럼 소속국 자체가 없지는 않았다.

물론 관례상 아베론 영지는 레오니스 제국의 영지로 분류되곤 한다.

그러나 레오니스 제국에서는 아베론 영지에 대한 그 어떤 세금도 부과하지 않는다.

관리를 파견하거나 군대를 주둔시키지도 않는다.

게다가 아베론 영지가 운영되도록 지원해 주는 건 레오니스 제국이 아니라 영지를 둘러싼 세 왕국이었다.

그렇다 보니 아베론 영지의 소속을 정하는 건 무척이나 난해한 일이었다.

소속이 없으니 권역을 나타내는 북부 지도에 표기될 리도 없었다.

그러나 아직 어린 레이첼은 자신이 나고 자란 영지가 어떤 입장인지 정확하게 알지 못했다.

"이 지도, 잘못된 걸까?"

레이첼이 제법 심각한 얼굴로 에바를 바라봤다. 그러나 정작 에바의 눈에는 그 모습마저 사랑스럽게만 보였다.

"네, 아마도 잘못된 것 같아요."

에바가 손을 뻗어 레이첼의 흘러내린 머리카락을 쓸어 올려주며 말했다.

지금은 레이첼을 위해 선의의 거짓말을 해주는 편이 나았다.

레이첼이 조금 더 나이를 먹고 건강해져서 영지의 사정에 대해 알게 된다면 자연스럽게 해결될 호기심이었다.

아직 동심의 세계에 빠져 있어야 할 레이첼에게 참담한 현실을 알리는 건 이른 짓 같았다.

게다가 황족인 레이첼의 양육을 전담하고 있는 에바 역시 아베론 영지에 대해서는 많은 것을 알고 있지 못했다.

메이샤가 건네준 대륙 북부 영지도를 통해 에바가 확신할 수 있는 건 아베론 영지가 대륙이라는 권역 안에는 포함되어 있지 않다는 것뿐이다.

현재 통용되는 대륙의 정의란 이렇다.

미로스 대륙에서 인간들이 살 수 있는 땅.

다시 말해 인간들이 살 수 없는 땅은 미로스 대륙이라 하더라도 대륙으로 인정되지 않는다는 의미였다.

이처럼 요상한 잣대로 대륙을 구분 짓는 이유는 대륙의 북부, 그러니까 미로스 대륙 북쪽이 현재 짙은 마기로 뒤덮여 있기 때문이다.

지금으로부터 300년 전.

대륙의 북쪽에는 크로노스 왕국이 들어서 있었다.

크로노스 왕국은 검술보다는 마법을 사랑했다.

그렇다고 해서 다른 마법 왕국들처럼 전통 마법(드래곤으로부터 전해진 마법, 암흑 마법의 상대적인 개념으로 백마법이라고도 함)을 추종하진 않았다.

신성 제국처럼 신성 마법(신성력을 바탕으로 구현되는 모든 마법)만이 전부라고 인정하지도 않았다.

크로노스 왕국이 추구한 마법은 다름 아닌 암흑 마법(마계로부터 비롯된 마법, 흑마법이라고도 함), 그래서 세상은 크로노스 왕국을 마도 왕국이라 불렀다.

크로노스 왕국은 상당히 폐쇄적인 나라였다.

암흑 마법을 인정하면서부터 타국과 교류가 어려워진 게 사실이었지만 그렇다고 해서 외교적인 문제를 적극적으로 풀려고 하지 않았다.

군이 교역을 하지 않아도 될 만큼 크로노스 왕국은 나라의 모든 생산과 소비 활동을 자체적으로 해결해 나갔다.

그러면서도 크로노스 왕국은 성장을 멈추지 않았다.

마도 왕국이라 무시하는 주변국들을 비웃기라도 하듯 하루가 다르게 강해졌다.

그러나 대륙은 크로노스 왕국이 제국 못지않은 저력을 가지고 있다는 걸 인정하려 들지 않았다.

그렇다 보니 시기와 질투가 생기고 불필요한 오해들이 쌓여만 갔다.

크로노스 왕국에 대한 온갖 부정적인 풍문들도 그런 배경으로부터 파생된 것이었다.

크로노스 왕국이 북부의 제국을 꿈꾼다는 말부터 크로노스 왕실이 온갖 폐륜을 일삼고 있다는 이야기까지.

크로노스 왕국은 대륙민들의 입방아에서 단 하루도 자유

롭지 못했다.

그렇게 크로노스 왕국에 대한 부정적인 인식이 극에 달할 무렵, 북부를 왕래하던 상단으로부터 충격적인 이야기가 전해졌다.

크로노스 왕국이 마왕을 소환하려 한다.

이 놀라운 소문이 순식간에 대륙 전역으로 퍼져 나갔다.

"마왕이라니!"

"크로노스 왕국이 미치지 않고서야 어찌 그런 짓을 저지를 수 있단 말인가!"

소식을 전해들은 대륙 각국은 크게 동요했다.

다른 나라였다면 코웃음을 쳤겠지만 상대는 마도 왕국이라 불리는 크로노스 왕국이다.

크로노스 왕국이라면 마왕을 소환한다 해도 이상할 게 하나 없었다.

대륙의 왕국들은 급히 레오니스 제국에 도움을 청했다.

이 같은 상황에서 크로노스 왕국의 미친 짓을 멈추게 할 수 있는 건 오직 레오니스 제국뿐이었다.

레오니스 제국의 황제는 대륙을 대표해 크로노스 왕국에 조사단을 파견했다.

그리고 항간에 떠도는 소문에 대한 진상 조사를 수용할 것을 요구했다.

그러나 크로노스 왕국은 제국 조사단의 입국을 거절했다.

그러면서 모든 소문은 조작된 것이며 크로노스 왕국은 결백하다고 주장했다.

"감히!"

조사단이 빈손으로 돌아오자 레오니스 제국의 황제는 대노했다.

대륙의 역사상 일개 왕국 따위가 제국의 위엄에 맞서는 건 있을 수 없는 일이었다.

이런 상황에서 선선히 물러선다면 제국이라 불릴 자격이 없었다.

"어디 막을 수 있으면 막아 보라!"

레오니스 제국의 황제는 힘으로라도 진실을 밝히겠다는 의지를 내세웠다.

레오니스 제국의 강경한 태도에 신성 왕국은 기다렸다는 듯이 격한 지지 의사를 표명했다.

"마왕을 소환해 대륙의 질서를 어지럽히려는 크로노스 왕국을 결코 가만히 놔둬서는 안 될 것이오!"

교황은 크로노스 왕국이 천계의 뜻을 거스르고 마계와 결탁했다며 당장에라도 대군을 파견해 심판해야 한다고 열을 높였다.

종교를 앞세운 교왕의 목소리에 주변국들도 앞다투어 동조의 뜻을 보였다.

기세를 몰아 레오니스 제국은 대륙 회의를 소집했다.

그리고 크로노스 왕국을 제외한 대륙의 모든 나라가 모인 자리에서 크로노스 왕국에 대한 심판을 결의했다.

레오니스 제국은 마지막으로 크로노스 왕국에 최후통첩을 날렸다.

지금이라도 대륙의 각국에 사과의 뜻을 전하고 조사단의 조사에 전적으로 협조한다면 징벌만큼은 피하게 해주겠다고 제안을 했다.

그러나 크로노스 왕국은 막무가내였다.

제국과 대륙의 결정을 비난하면서도 끝까지 자국에 대한 조사를 허락하지 않았다.

"크로노스 왕국이 저렇게까지 나오는 게 왠지 모르게 수상합니다."

"마왕 소환까진 아닐지라도 필시 대륙에 해가 될 만한 짓을 꾸미고 있는 게 틀림없습니다."

레오니스 제국 정보부에서도 크로노스 왕국에 대한 위험성을 경고했다.

제국의 안위를 위해서라도 한시라도 빨리 위험성을 제거

할 필요가 있다며 황제를 설득했다.

"크로노스 왕국은 자신들의 오만함에 대한 대가를 치르게
될 것이다."

결국 레오니스 제국은 크로노스 왕국과의 전면전을 선포
했다.

크로노스 왕국에서 무언가를 숨기고 있다는 게 확실시된
이상 더는 머뭇거릴 이유가 없었다.

레오니스 제국을 따라 대륙의 모든 나라가 전쟁에 합류했
다. 그렇게 집결한 크로노스 왕국 징벌군의 수는 무려 200만
을 헤아렸다.

대륙 역사상 유례가 없던 대규모의 징벌군은 일시에 크로
노스 왕국으로 밀고 올라갔다. 그러나 크로노스 왕국도 당하
고만 있지는 않았다.

"막아라!"

크로노스 왕국이 자랑하는 마법병단이 국경을 넘어 오는
징벌군의 앞을 가로막았다.

마법병단이 펼치는 강력한 위력의 암흑 마법 앞에 징벌군
은 초반의 기세가 꺾인 채 고전을 면치 못했다.

하지만 그것도 잠시.

"크로노스의 마법사 놈들을 전부 쓸어버려라!"

레오니스 제국의 황실 마탑을 비롯한 대륙의 주요 마탑들

이 전쟁에 참여하면서 상황은 역전되었다.

크로노스 왕국 마법병단의 위력은 상상 이상이었지만 그들만으로는 대륙의 모든 마법사를 감당하기가 어려웠다.

게다가 크로노스 왕국이 마법병단의 육성에만 지나치게 몰두를 한 탓에 정작 200만 병력과 맞서 싸울 기사들과 병사들의 수가 턱없이 부족했다.

크로노스 왕국 마법병단이 대륙의 마법사들에게 발목이 붙잡힌 사이 징벌군은 거침없이 북으로 진군했다.

그들은 눈앞을 가로막는 크로노스 왕국의 기사들과 병사들을 전부 도륙했다. 그리고 점령지에 대한 약탈도 서슴지 않았다.

순식간에 크로노스 왕국이 아수라장으로 변했다.

전세가 급격하게 기울면서 크로노스 국왕이 뒤늦게 종전을 요청했지만 전공에 눈이 뒤집힌 징벌군은 발걸음을 멈추지 않았다.

"크윽! 이놈들!"

징벌군이 왕도 헤르니움까지 몰아닥치자 크로노스 왕국의 국왕도 독한 결단을 내릴 수밖에 없었다.

그는 왕도의 지하에서 발견된 마계와의 통로를 열고 세상을 어둠으로 물들이기로 마음먹었다.

크로노스 마법병단에서도 손꼽히는 마법사들은 자신들의

목숨을 내던지며 마계의 문을 열었다.

그 순간,

쿠르르르릉!

중간계로 터져 나온 시커먼 어둠이 헤르니움을 단숨에 집어삼켜 버렸다.

생각지도 못했던 크로노스 왕국의 반격에 겁을 먹은 징벌군은 지체없이 헤르니움을 등지고 도망쳤다.

그 과정에서 수많은 사상자가 발생했지만 그들로서는 어둠의 암습을 막을 뾰족한 방법이 없었다.

게다가 더 큰 문제는 정말로 마계와의 통로가 열렸다는 것이다.

만에 하나 마계의 위험천만한 존재들이 통로를 타고 중간계로 현신한다면 진정으로 대륙이 위험해 질 수 있었다.

위급한 상황을 전해들은 레오니스 제국의 황제는 제국의 수호룡인 하이아시스에게 도움을 청했다.

건국 황제와의 인연으로 단 한 번 사용할 수 있는 드래곤의 힘을 대륙을 구하는 데 쓰기로 결정한 것이다.

나 혼자만으로는 어렵다. 마법진을 받쳐 줄 마법사들이 필요하다.

드래곤 하이아시스는 레오니스 제국 황제의 청에 조건을 달았다.

이 모든 게 인간들의 욕심에서 비롯된 일인만큼 인간들도 책임을 져야 한다는 것이다.

"내가 나서겠소."

"나도 돕겠소."

전쟁에 참여했던 고위 마법사들은 합심하여 하이아시스를 도와 마계의 통로를 봉하기로 결정했다.

그로 인해 목숨을 잃게 되겠지만 그것만이 대륙을 구하는 길임을 잘 알고 있었다.

하이아시스와 고위 마법사들은 마기를 뚫고 헤르니움으로 나아갔다.

그리고 고위 마법사들의 희생과 하이아시스의 마법을 더해 힘겹게 마계와의 입구를 틀어막는 데 성공했다.

하지만 그것만으로는 마기에 오염된 크로노스 왕국을 회생시킬 수가 없었다.

나머지는 인간들의 몫이다.

하이아시스는 더는 인간들의 문제에 관여하고 싶지 않다는 듯 봉인을 마친 채 홀연히 사라져 버렸다.

고위 마법사 대부분을 잃은 대륙으로서는 크로노스 왕국을 정화시킬 힘이 없었다.

"오늘부터 크로노스 왕국을 금지된 땅으로 정한다. 아울러 만에 하나 있을지 모를 마물들의 침략에 대비해 크로노스 남부에 성을 세워 감시토록 하라."

레니우스 제국 황제의 명에 따라 크로노스 왕국은 대륙의 금지로 지정되었다.

그리고 혹시 있을지 모를 마계와의 침략을 막기 위해 크로노스 왕국 남쪽에 특별한 성을 하나 세웠다.

영지에는 빛의 수호자라는 고대어를 빌어 아베론이라는 이름을 붙였다.

아베론 영지.

그것이 저주 받은 영지라 불리게 된 아베론 영지의 시작이었다.

초창기 아베론 영지는 지금처럼 마기로 뒤덮여 있지 않았다.

옛 크로노스 왕국 남부에 자리를 잡은 탓에 언제든 마기가 밀려 내려올 수 있다는 불안감이 크긴 했지만 마계와의 통로가 봉인되면서 마기가 퍼지는 속도는 생각처럼 빠르지 않았다.

그러던 게 200년쯤 지나면서 상황이 달라졌다.

아베론 영지 북부를 전부 잠식한 마기가 기어코 남쪽으로 밀고 내려오기 시작한 것이다.

"어떻게든 막아야 한다!"

마법력을 회복한 대륙은 고위 마법사들을 앞세워 아베론 영지의 수성에 나섰다.

신성 왕국의 신관들도 신성력을 끌어모아 힘을 보탰다.

그렇게 아베론 영지를 사이에 둔 대륙과 어둠의 10년간의 지루한 힘겨루기가 이어졌다.

그러나 인간들의 힘만으로 끝없이 밀려 내려오는 어둠을 막아내기란 이번에도 역부족이었다.

대륙의 마법력과 신성력 대부분이 아베론 영지에 투입됐지만 마기는 여전히 기세등등했다.

이대로 힘을 소진할 경우 아베론 영지는 물론이고 대륙조차 지키기 어려워질 수 있었다.

"아베론 영지를 중심으로 마법진을 펼친다."

결국 대륙은 아베론 영지를 희생시켜야 한다는 데 뜻을 모았다.

본래 아베론 영지를 세운 건 봉인된 마계와의 통로를 통해 흘러 들어온 마족이나 마물들을 경계하기 위해서였다.

그러나 지난 세월 동안 특별한 마계의 움직임은 발견되지 않았다.

어렵사리 레오니스 제국의 승인을 얻은 마법사들은 아베론 영지에 거대한 마법진을 펼쳤다.

영지를 마법진의 중심축으로 삼아 남쪽으로 밀고 내려오려는 마기의 흐름을 다시 북으로 되돌리겠다는 계획이었다.

다시 10여 년간의 노력 끝에 아베론 성을 중심으로 거대한 마법진이 완성되었다.

그 결과 남쪽으로 세력을 팽창하려던 마기가 방향을 바꿔 북쪽으로 되돌아가기 시작했다.

아베론 영지에 펼쳐진 마법진 덕분에 대륙은 비로소 마기에 대한 공포에서 벗어날 수 있었다.

하지만 애석하게도 아베론 영지는 마기에 뒤덮이는 운명을 피할 수 없게 됐다.

그리고 그 모진 운명이 지금까지 이어지고 있었다.

제2장

아베론의 어린 영주

1

땅! 땅! 따당!

아베론 성 북쪽 어딘가.

아침을 깨우듯 무거운 마찰음이 규칙적으로 울려 퍼졌다.

소리의 진원지는 피치의 공방.

아베론 영지에 단 하나뿐인 대장간이었다.

영지민이라고 해봐야 고작 1천여 명에 불과한 영지에 대장간이 있는 것 자체가 놀라운 일이었다.

그러나 피치의 대장간은 그저 이름뿐인 대장간은 아니었다.

각종 무구는 물론이고 금속으로 된 잡기구들까지 못 만드는 게 없었다.

그렇다 보니 아베론의 영지민들은 물건이 필요하면 습관처럼 피치의 대장간을 찾곤 했다.

일단 대장장이 피치에게 물건을 주문한 뒤 생산이 어렵다면 아베론 영지를 드나드는 상단을 통해 물건을 구하는 순서였다.

피치의 대장간에서도 영지민들의 주문을 거절한 경우는 손에 꼽힐 정도였다.

그만큼 아베론 영지에서 영주보다 중요한 게 대장장이 피치였다.

만일 속 좁은 영주 같았다면 영지민들에게 인기가 높은 피치를 가만두지 않았을 것이다.

영주 성에 불러들여 자신만의 전속 대장장이로 삼거나 그게 어렵다면 다른 영지로 내쫓았을 것이다.

하지만 전 영주인 하르베스 폐황태자는 물론이고 신임 영주인 레이샤드도 피치를 상당히 아끼는 편이었다.

솔직히 말해 피치 같은 유능한 대장장이가 다른 곳으로 가버린다면 아베론 영지만 손해라는 걸 잘 알기 때문이었다.

"피치 영감, 잘 있었어?"

아침 수련을 끝마친 레이샤드는 오늘도 피치의 대장간에

얼굴을 내밀었다.

대장장이 피치가 혹여 다른 영지로 떠나버리지는 않을까
하는 불안함에 생긴 일종의 습관이었다.

영지민들에게는 무뚝뚝한 대장장이로 알려져 있지만 피치
는 그런 레이샤드가 싫지 않았다.

어리다곤 하지만 레이샤드는 영지의 주인이었다. 영주가
자신의 능력을 인정해 주고 아껴주는데 영지민으로서 싫을
리가 없었다.

게다가 피치는 하르베스 폐황태자 부자에게 고마움을 느
끼고 있었다. 자신의 신분을 철저히 비밀에 붙여 주었기 때문
이다.

아베론 영지의 만능 대장장이 피치의 정체는 다름 아닌 하
프 드워프. 장인의 일족이라 불리는 이종족 드워프의 혼혈이
었다.

"영주님, 오셨습니까?"

피치가 큼지막한 망치를 내려놓으며 씩 웃었다.

다행히도 인간의 혈통을 따른 덕에 피치의 겉모습은 결코
이종족처럼 느껴지지 않았다.

"오늘은 뭘 만들고 있어?"

레이샤드가 대장간 안으로 성큼 들어왔다.

화르르륵!

시뻘겋게 달궈진 화로의 레이샤드를 반기듯 열기를 뿜어
댔다.

"검을 만들고 있었습니다."

피치가 기다랗게 생긴 쇳조각을 내려 보며 말했다.

"검이라고?"

레이샤드가 이해가 되지 않는다며 고개를 갸웃거렸다.

아베론 영지에는 기사가 없었다.

아베론 영지가 마기의 경계선이 된 이후로 이곳에 파견을
나온 기사는 단 한 명도 없었다.

대신 아베론 영지는 100여 명의 영지병이 영지를 지키고
있었다. 그리고 그들은 대륙의 일반적인 병사들처럼 창을 무
기로 사용하고 있었다.

게다가 검이란 귀족이나 기사 계층의 전유물 같은 것이었
다.

검은 곧 권력을 의미하는 바, 평민 계층은 함부로 검을 사
용하지 못했다.

그렇게 따졌을 때 아베론 영지에서 검을 주문할 수 있는 건
영지 내 유일한 귀족인 하르베스 폐황태자 일가뿐이었다. 그
리고 현실적으로는 영주인 레이샤드밖에 없었다.

하지만 당사자인 레이샤드는 검을 주문한 적이 없었다.

그렇다면 피치가 만들고 있는 검은 영지 내에 쓰일 만한 물

건이 아니란 소리가 된다.

혹여 다른 영지에서 피치의 명성을 듣고는 검을 제작한 것은 아닐까?

레이샤드의 표정이 불안감으로 살짝 일그러졌다.

그런 레이샤드의 걱정을 알아챈 듯 피치가 피식 웃음을 흘렸다. 그리고는 다시 한 번 힘차게 망치를 내려쳤다.

꽈광!

요란한 소리와 함께 시뻘겋게 달아올랐던 쇳조각에서 열기가 치솟았다.

덩달아 레이샤드도 얼굴에도 열기가 벌겋게 번져들었다.

"이 검은 영주님을 위해 만든 검이랍니다."

쇳조각을 들어 올리며 피치가 나직이 말했다.

"날 위해?"

레이샤드가 놀란 눈으로 되물었다. 그러자 피치가 다시 힘껏 망치를 내리쳤다.

"이제 영주님도 진짜 검을 휘두를 나이가 되지 않으셨습니까?"

요란한 담금질 소리에 섞인 피치의 굵직한 목소리가 레이샤드의 가슴을 파고들었다.

"피치."

레이샤드의 목소리가 파르르 떨렸다. 설마하니 피치가 자신을 위해 검을 만들고 있을 것이라고는 생각지도 못한 얼굴이었다.

그렇지 않아도 목검을 휘두르는 것에 지쳐 가던 차였다. 그럴수록 자신만의 검을 가지고 싶다는 욕심이 치밀었다.

아직 진짜 검을 휘두를 때가 아니라는 건 잘 알고 있지만 그렇게 하면 영주로서의 위엄이 조금은 더 설 것 같다는 생각도 들었다.

그런데 피치가 자신의 마음을 헤아리고 있었다니. 레이샤드는 벅찬 마음을 표현하기조차 어려웠다.

그러자 피치가 잔잔한 미소를 지으며 말을 이어갔다.

"감사의 인사는 제가 아니라 돌아가신 영주님께 하십시오."

피치가 붉게 달아오른 쇳조각을 물속에 집어넣었다.

치이이익.

쇳조각과 반응한 물이 뜨거운 증기를 뿜어댔다. 그 모습에 잠시 시선이 빼앗겼던 레이샤드가 다시 피치를 바라봤다.

"실은 돌아가신 영주님께서 제게 미리 영주님을 위한 검을 부탁하셨습니다. 열다섯 번째 생일이 되면 선물하시겠다고 하셨거든요."

"아버지께서? 그게…… 정말이야?"

"그럼요. 그렇지 않다면 제가 어찌 검을 만들 수 있겠습니까? 이미 대금은 돌아가신 영주님께서 진즉에 치르셨습니다. 그러니 걱정 말고 기다리시면 제가 멋진 녀석을 하나 만들어 드리겠습니다."

피치의 호언장담에 레이샤드의 표정이 밝아졌다. 자신을 위한 검을 선물 받는다는 게 무슨 의미인지 모르지 않았기 때문이다.

일반적으로 대륙에서는 남자는 열여덟 살이 넘고 여자는 열여섯 살을 넘겨야 성인으로 인정을 받는다.

그러나 황족이나 왕족들의 경우 혈통 자체가 우월하다는 인식 때문에 보통 열다섯 살 전후로 성인식을 치르곤 한다.

하르베스 폐황태자가 레이샤드의 열다섯 살 선물로 전용 검을 선택한 것도 그런 이유 때문이었다.

만약 지금까지 하르베스 폐황태자가 살아 있었다면 머잖아 찾아올 레이샤드의 열다섯 번째 생일을 거하게 치르고, 레이샤드를 자신의 후계자이자 영지의 소영주로 삼으려 했을 것이다.

그러나 애석하게도 하르베스 폐황태자는 3년 전에 죽고 말았다. 그리고 레이샤드는 하르베스 폐황태자의 예상보다 일찍 영주가 되어 아베론 영지를 다스리고 있다.

레이샤드는 죽은 아버지가 살아생전에 남겼던 선물이라는 사실에 가슴이 찡해졌다.

지난 3년간 울 만큼 울고 슬퍼할 만큼 슬퍼해서 어지간해서는 감정이 흔들리지 않았지만 이 순간만큼은 붉어지는 눈시울을 감출 수가 없었다.

　그러나 사실 피치의 말은 반만 진실이었다.

　죽은 하르베스 폐황태자가 피치를 찾을 때마다 습관처럼 레이샤드의 열다섯 번째 생일에 멋진 검을 선물하고 싶다는 말을 한 건 사실이었다. 그러나 제작비용을 미리 지불한 건 아니었다.

　그럼에도 피치가 굳이 선의의 거짓말을 한 것은 레이샤드에게 부담을 지우지 않기 위해서였다.

　보통 검을 하나 만드는 데는 제법 막대한 비용과 시간이 필요하다.

　더욱이 하르베스 폐황태자가 살아생전에 주문한 것은 흑철로 만든 검이었다.

　흑철은 일반적인 철에 비해 경도와 탄성이 상당히 뛰어나다. 험지에서나 소량씩 발견되는 희귀성 때문에 가격도 일반 철의 10배를 호가할 정도였다.

　그렇다 보니 흑철로 만든 무구의 가치는 일반 철로 만든 무구와 비교할 수 없을 정도였다.

　하르베스 폐황태자도 제국의 황태자로 머물던 시절에는 흑철로 만들어진 멋들어진 검과 갑옷을 가지고 있었다.

황족뿐만 아니라 어지간한 귀족들도 흑철로 만들어진 무구를 하나둘씩은 소장하는 추세였다.

하르베스 폐황태자는 하나뿐인 아들 레이샤드가 다른 귀족들에게 기죽는 걸 원치 않았다.

비록 누명을 뒤집어쓰고 변방으로 쫓겨나긴 했지만 그는 언제고 레이샤드가 다시 황실로 돌아갈 것이라는 기대를 가지고 있었다.

그때를 위해서라도 그럴듯한 검 한 자루는 갖춰놓을 필요가 있다고 여겼다.

하지만 하르베스 폐황태자가 갑작스럽게 죽으면서 고가의 흑철 대금을 지불할 당사자가 사라져 버렸다.

만일 이 모든 진실을 레이샤드가 알게 된다면 죽은 하르베스 폐황태자의 명예를 위해서라도 어떻게든 대금을 대신 치르려 할 것이다.

가뜩이나 궁핍한 영지의 재정을 탈탈 털어서라도 말이다.

피치는 자신의 호의가 영지의 궁핍함으로 이어지는 것을 결코 원치 않았다.

게다가 하르베스 폐황태자가 의뢰하기 전부터 그는 레이샤드를 위해 멋진 검 한 자루를 만들어주고 싶은 마음을 먹고 있었다.

하르베스 폐황태자를 대신해 저주받은 영지를 이끌어 가

야 하는 가련한 영주다.

그를 위해 검 한 자루 선물하지 못한데서야 영지 유일의 대장장이를 자처할 자격이 없을 것 같았다.

"그럼 언제쯤 검이 완성되는 거야?"

레이샤드가 잔뜩 상기된 얼굴로 물었다.

자신의 검이 만들어진다는 데 무한한 인내심을 발휘할 만한 소년은 세상에 많지 않았다.

"검의 모양은 거의 만들었습니다. 늦어도 한 달 안에는 완성될 것 같습니다."

피치가 차갑게 식은 쇳조각을 다시 화로 안에 집어넣었다.

화르르륵!

화로의 불꽃이 쇳조각을 단숨에 시뻘겋게 만들었다.

2

피치의 대장간을 나선 레이샤드는 걸음을 돌려 영주 직영 농경지로 향했다.

머잖아 봄이 오면 땅을 고르며 씨를 뿌려야 하는 농경지는 황폐한 채로 내버려져 있었다.

대기는 물론이고 대지까지 침투한 마기 때문에 그 어떤 농작물을 심더라도 제대로 성장하기가 어려운 상황이었다.

그래서 하르베스 폐황태자도 직영 농경지를 방치하다시피 했다.

아베론 영지의 문제점은 농사뿐만이 아니었다. 그렇다 보니 그나마 생산성 있는 곳에 조금 더 집중하는 편이 낫다고 여겼다.

그러나 레이샤드의 생각은 달랐다.

영지의 근간을 이루는 건 대개 농사를 짓는 영주민들이다.

그들이 농사를 지을 수 있도록 여건을 조성하지 못한다면 아베론 영지는 언제까지고 저주받은 영지로 남아 있을 수밖에 없었다.

게다가 하르베스 폐황태자의 바람과는 달리 레이샤드는 황실로 돌아갈 마음이 없었다.

워낙 어린 때라 기억조차 남지 않은 황실 생활보다는 12년간 자라 온 아베론 영지에서의 삶이 더 좋았다.

레이샤드는 흐릿하게 남은 발자국을 따라 농경지 안으로 걸음을 옮겼다.

그 끝에는 한 달 전에 땅속에 심어놓았던 마정석이 묻혀 있었다.

누군가 그 사실을 알았다면 냉큼 마정석을 훔쳐 갔겠지만 다행히도 영주의 직영 농경지에 함부로 들어올 만큼 간이 큰 자는 아베론 영지에 없었다. 덕분에 마정석은 심어놓았던 그 자리에 잘 박혀 있었다.

"어디 보자."

맨손으로 차디찬 흙을 파헤친 뒤 레이샤드는 힘껏 마정석을 뽑아 들었다.

시커먼 흙에 묻혀 있던 마정석 안에는 검은 마나가 70퍼센트쯤 채워져 있었다.

"확실히 지난번보다 좀 줄어든 것 같은데?"

마정석을 이리저리 살피던 레이샤드가 씩 웃었다.

비록 한 달 전과 큰 차이는 없어 보였지만 그래도 왠지 조금은 줄어든 느낌이었다.

그 양이 미약하다 하더라도 대지에 스며든 마기가 조금이나마 희석됐다는 건 긍정적인 결과였다.

아베론 영지의 마기가 전부 사라지고 대지가 다시 지력을 회복해 농사가 가능해지기 위해서는 앞으로도 수백 년이란 시간이 필요할지 몰랐다.

그러나 영주로서 레이샤드는 포기하지 않았다. 아니, 포기할 수가 없었다.

조금씩 노력하다 보면 언제고 아베론 영지를 온전히 회복시킬 수 있을 것이라는 희망을 품는 것.

그것이 초보 영주인 레이샤드가 할 수 있는 최선이었다.

레이샤드는 품속에서 텅 비어 있는 마정석을 꺼냈다. 그리고 그것을 땅속 깊숙이 박아넣었다.

한 달 후에는 마기의 양이 더욱 줄어들길 바라며.

"됐다."

주변을 잘 정리한 뒤 레이샤드가 손을 털고 일어났다.

손바닥에 시커멓게 오염된 흙들이 잔뜩 들러붙었지만 레이샤드는 크게 신경 쓰지 않았다.

그저 옷에 쓰윽 한 번 문지르는 것으로 마무리를 했다.

그러나 레이샤드를 담당하는 하녀 실비아의 입장은 달랐다.

"레이님! 또 흙을 묻혀 오셨잖아요!"

흙투성이가 된 레이샤드를 발견하기가 무섭게 실비아가 잔소리를 늘어놓았다.

그녀는 재빨리 새하얀 수건을 가지고 나와서는 레이샤드의 손과 옷에 묻은 흙들을 부지런히 닦아냈다.

그저 욕실에 들어가서 물로 씻으면 간단해질 일이었지만 그녀는 잠깐이라도 레이샤드가 지저분한 꼴은 용납하지 못하겠다는 표정이었다.

헬레나가 병석에 누운 이후로 레이샤드를 보살피는 건 실비아의 몫이었다.

그렇다 보니 그녀는 가끔 친누나처럼 레이샤드를 대했다.

일개 하녀인 자신이 함부로 쳐다볼 수조차 없는 높은 신분이라는 걸 늘 자각하려 노력하면서도 레이샤드에게 무슨 일만 생기면 특유의 보호 본능이 먼저 튀어나왔다.

레이샤드도 그런 실비아의 애정 어린 잔소리가 싫진 않았다.

어쩌면 병약한 어머니 헬레나를 대신해 투정을 부리고 싶은 마음에 더 털털하게 구는지도 몰랐다.

"그런데 신관들은 돌아갔어?"

레이샤드가 실비아의 손에 몸을 맡기며 물었다.

그러자 정신없이 레이샤드의 흙먼지를 털어내던 실비아가 얄밉다는 듯 눈을 흘겼다.

"오늘이 검진을 받는 날인 건 알고 계셨군요?"

"그, 그게…… 오다 보니까 신전 마차가 지나가더라고. 그래서 알았지."

괜히 찔끔해진 레이샤드가 그럴듯한 핑계를 댔다. 그러나 레이샤드의 뻔한 거짓말에 속아줄 만큼 실비아는 호락호락하지 않았다.

"차라리 깜빡 잊어버렸다고 하지 그러세요?"

"쳇, 그럴 걸 그랬니?"

"레이님!"

"미안해. 다음에는 절대 안 빼먹을게."

"그래놓고 또 깜빡 잊어버리실 거잖아요. 그런데 레이님은 왜 그렇게 검진을 받는 걸 싫어하시는데요? 그러다 병이라도 걸리시면 어쩌려고 그러세요?"

실비아는 레이샤드가 이런 저런 핑계로 검진을 피하는 게 무척이나 속상했다.

지금이야 건강을 유지하고 있다지만 이곳은 마기가 득실거리는 아베론 영지다. 언제 어떻게 병에 걸리게 될지 아무도 장담하지 못했다.

그러나 레이샤드에게도 검진을 피할 수밖에 없는 피치 못할 사정이라는 게 있었다.

신관의 검진이야 뻔한 것이었다. 혹여 마기에 감염됐는가를 살피고 신전에서 공수한 성수를 내주거나 신성력을 전해 주는 게 전부였다.

레이샤드도 한때는 군말없이 검진을 받았다. 하르베스 황태자가 죽기 전까지는 가족들 중 가장 열심히 성수를 복용하곤 했다.

그러나 하르베스 황태자가 죽고 두어 번 고의로 검진을 거르면서부터 상황이 달라졌다.

아베론 영지에 가득한 마기가 기어코 몸속으로 스며든 것이다.

마기에 중독된 인간들은 대개 백에 아흔아홉은 죽게 마련이다.

남은 하나도 시름시름 앓거나 변이가 이루어지면서 인간으로 살지 못하게 된다.

그러나 극히 드물게 마기에 전염이 되고도 아무렇지도 않은 경우가 있었다.

레이샤드도 그런 경우였다.

몸이 마기에 적응을 한 이후로 레이샤드는 성수를 마시는 게 고통스러워졌다.

성수가 받지 않는데 신성력 치료가 먹힐 리 없을 터. 그래서 레이샤드는 어쩔 수 없이 신관의 검진을 피하기 시작했다.

물론 처음에는 실비아의 말처럼 큰 병에 걸린 것은 아닐까 걱정스러웠던 것도 사실이다.

그러나 마기에 익숙해지면서 아베론 영지에서 생활하는 게 더욱 편해졌다.

예전에는 그토록 꺼려지던 성 밖도 자유롭게 돌아다닐 수 있게 됐다.

마기에 오염된 것들을 접하고 만져도 더 이상 껄끄럽지 않았다.

만일 이 사실을 루베스가 알게 된다면 필시 신성력과 막대한 성수를 이용해 레이샤드를 치료하겠다고 나설 게 틀림없었다. 그리고 그 과정이란 실로 끔찍하고 고통스러울 게 뻔했다.

레이샤드는 자신의 몸이 마기에 적응했다는 사실이 루베스에게 알려지는 걸 원치 않았다.

다른 사람들이 자신을 환자 취급하는 걸 바라지 않았다.

게다가 본디 인간이란 적응의 동물이라고 했다.

농도가 상대적으로 낮긴 하지만 마법진으로 보호받고 있는 아베론 영지에도 마기가 퍼져 있었다.

이곳에서 영주 노릇을 하기 위해서는 지금처럼 마기에 적응된 상태가 편했다.

그렇다고 자신에게 생긴 비밀을 함부로 누설할 수는 없는 노릇이었다.

"정말이야. 다음번에는 꼭 받을게."

레이샤드가 실비아를 바라보며 씩 웃었다. 그 모습이 어찌나 능청스럽던지 이번만은 쉽게 넘어가지 않겠다던 실비아의 다짐이 또다시 무너지고 말았다.

"벌써 몇 번째 듣는 약속이지만 이번까진 믿어드릴게요."

실비아가 다음번에는 꼭 검진을 받아야 한다며 신신당부를 했다.

올 때마다 레이샤드를 찾는 신관들에게 할 말이 없는 건 둘째치고 만에 하나라도 레이샤드가 병에 걸릴지도 모른다는 불안함을 떨쳐낼 수가 없었다.

그러나 그런 실비아의 마음을 아는지 모르는지 레이샤드

는 어떻게든 이 상황을 모면하기 위해 실실 웃기만 했다.

"걱정 말래도."

레이샤드가 실비아가 내온 수건에 얼굴을 문지르며 말했다.

"매번 말씀만 하지 마시고요."

실비아가 마음에 들지 않는다며 다시 눈을 흘겼다.

"참, 어머니는 좀 어떠셔?"

레이샤드가 슬쩍 화제를 돌렸다.

더 이상 검진을 빼먹은 일로 실비아에게 잔소리를 듣고 싶지는 않았다.

"로베스님 말로는 감기 기운이 조금 더 심해졌다고 해요. 아무래도 아베론 영지의 겨울은 추우니까요."

실비아가 나직이 한숨을 내쉬었다.

레이샤드도 걱정이었지만 자리에서 좀처럼 일어나지 못하는 헬레나 역시 신경 쓰이긴 마찬가지였다.

"괜찮을 거야. 어머니는 강하시니까."

레이샤드가 별일 없을 것이라며 실비아를 위로했다.

본래라면 아들인 자신이 위로를 받아야 하는 상황이지만 영지를 돌보는 데 정신이 팔려서일까. 솔직히 실비아만큼 헬레나를 걱정하지는 못하고 있었다.

"그렇게만 말씀하지 마시고 헬레나님께 한 번 가보세요.

그렇지 않아도 레이님이 돌아오시길 기다리고 계셨으니까
요."

실비아가 매정한 레이샤드의 등을 떠밀었다.

자식들은 성년이 가까워지면 남이나 마찬가지라는 옛말이
틀린 게 하나도 없어 보였다.

"알았어. 알았다고."

실비아의 성화에 마지못해 고개를 끄덕이면서도 레이샤드
는 괜히 딴청을 부렸다.

어머니의 얼굴을 못 본 지 오래되긴 했지만 그렇다고 몇 시
간 동안 지루한 잔소리를 듣는 건 사양하고 싶었다.

특히나 건강 검진을 빼먹었다는 사실을 알았을 테니 오늘
의 잔소리는 더욱 심할 게 틀림없었다.

하지만 실비아는 그런 레이샤드를 다루는 데 탁월한 재주
를 가지고 있었다.

"자꾸 이러시면 레이님이 영지 밖에서 살다시피 하신다고
총관께 일러바칠 거예요."

실비아가 레이샤드를 향해 으름장을 놓았다. 그 말이 먹힌
것일까.

"가, 간다니까?"

레이샤드가 냉큼 헬레나의 방 쪽으로 걸음을 내딛었다.

"어머니, 저 왔어요."

간단히 식사를 끝마치고 레이샤드는 헬레나의 방으로 향했다.

때마침 헬레나도 하녀가 차려다 준 식사를 마친 상태였다.

"이리 가까이 오렴."

헬레나가 미소 띤 얼굴로 레이샤드를 반겼다. 병석에 누워 있긴 했지만 아이들 앞에서 그녀는 늘 사랑이 넘치는 어머니였다.

"몸은 좀 어떠세요?"

레이샤드가 헬레나의 침대 옆에 바짝 다가가 앉았다. 그러자 헬레나가 메마른 손을 뻗어 레이샤드의 황금빛 머리카락을 쓰다듬었다.

"우리 아들, 많이 컸구나. 엄마 걱정도 다 하고."

이제 곧 열다섯 번째 생일을 맞는 레이샤드지만 헬레나에게는 언제나 품 안의 자식이었다.

그렇다 보니 레이샤드가 어른스럽게 자신의 건강을 걱정해 주는 게 왠지 대견스럽게 느껴졌다.

그러나 레이샤드는 영지 일을 핑계로 자주 헬레나를 찾지 못하는 게 늘 미안하기만 했다.

"실비아가 그러는데 감기가 심해지셨다면서요?"

레이샤드가 촉촉이 젖은 눈으로 헬레나를 바라봤다.

말로만 듣다가 수척해진 헬레나의 모습을 보니 왠지 모르게 마음이 쓰라렸다.

그러자 헬레나가 걱정 말라며 웃었다.

"그저 가벼운 감기란다. 로베스님이 성수를 놓고 가셨으니 마시면 괜찮아지겠지."

헬레나의 말이 끝나기가 무섭게 하녀 제시카가 성수를 들고 방 안으로 들어왔다. 그리고는 헬레나의 상체를 일으킨 뒤 입가에 성수를 가져다댔다.

"나 혼자서도 마실 수 있어."

레이샤드가 신경 쓰인 듯 헬레나가 제시카의 배려를 마다했다.

침상에서 벗어날 수 없는 환자의 몸이기는 하지만 그렇다고 아들 앞에서까지 약한 모습을 보이고 싶지는 않은 모양이었다.

"아, 죄송해요."

눈치 빠른 제시카가 헬레나의 손에 성수를 쥐어주었다. 그리고 혹여라도 헬레나가 쓰러질까 봐 그녀의 등을 단단히 감싸 안았다.

크게 심호흡을 하던 헬레나가 입가에 성수병을 기울였다.

꿀꺽. 꿀꺽. 꿀꺽.

반투명한 우윳빛 성수가 헬레나의 입속으로 빨려 들어갔다. 성수가 금세 퍼진 것일까.

파리하던 헬레나의 안색이 다소 홍조를 띠기 시작했다.

이번에 로베스가 가져다준 성수는 지난번에 비해 효과가 좋았다.

말을 하진 않았지만 레오니스 제국의 대신전(대륙의 주요 영지에 세워진 거대한 신전. 대신관이 상주하고 있다.)에서 만들어진 것이다 보니 일반적인 성수와는 비교 자체가 되지 않았다.

"좀 어떠세요?"

제시카가 빈 약병을 받아 들며 물었다.

"한결 좋아진 것 같구나."

헬레나가 엷게 미소를 띠었다.

오랜만에 기분이 좋아진 탓인지 레이샤드를 위해 준비했던 잔소리를 잊은 듯 보였다.

레이샤드의 얼굴에도 덩달아 안도의 웃음이 번졌다. 이렇게 밝은 표정의 어머니는 실로 오랜만이었다.

하지만 그것도 잠시.

"참, 레이님에게도 성수를 드리는 게 어떨까요?"

제시카의 지나친 배려에 레이샤드의 표정이 딱딱하게 굳

어져 버렸다.

4

"하아. 큰일 날 뻔했네."

도망치듯 헬레나의 방을 나선 레이샤드는 영주의 집무실로 발걸음을 옮겼다.

딸깍.

문이 열리고 익숙한 풍경이 레이샤드를 반겼다.

집무실의 가구들은 3년 전이나 지금이나 변함이 없었다.

하르베스 폐황태자의 갑작스런 죽음으로 준비 없이 영주의 자리에 오른 터라 레이샤드는 자신만의 집무실을 꾸밀 여력이 없었다.

사실 레이샤드가 하르베스 폐황태자의 뒤를 이어 아베론의 영주가 된 것 자체가 이례적인 일이었다.

대륙의 관습에 따르면 영주가 죽고 성년이 되지 않은 후계자가 작위와 지위를 계승할 경우에는 반드시 영주 대리를 세워 성년이 될 때까지 영지의 통치를 위임해야 했다.

레오니스 제국의 경우 아예 제국법에 명시가 되어 있으며 대륙의 다른 나라들도 비슷한 법조항이나 관례를 두고 있었다.

만일 아베론 영지에서 제국법을 따르고자 했다면 레이샤드는 자신이 성년이 될 때까지 섭정을 맡아줄 대리인부터 구해야 했을 것이다.

그러나 아베론 영지의 가신들은 군말없이 레이샤드의 영주 계승을 받아들였다.

아베론 영지는 대륙에 속한 영지가 아니었다.

그렇다 보니 굳이 대륙의 관습을 따를 이유가 없었다.

게다가 레이샤드가 신임 영주로서 아베론 영지를 이끌 만한 재능은 가지고 있다고 판단했다.

솔직히 말해 영지 운영을 운운할 만큼 아베론 영지가 대단한 곳도 아니었다.

3년 전 11살의 어린 나이에 영주가 된 레이샤드는 하르베스 폐황태자의 빈자리를 최선을 다해 메워주었다.

비록 경험 부족에 의한 판단 착오가 적지 않았지만 그래도 아베론 영지를 위하는 마음만큼은 역대 영주들 중 최고라는 평가를 받고 있었다.

그리고 그 이면에는 아베론 영지의 총관인 아돌프의 공이 컸다.

아돌프는 하르베스 폐황태자의 황태자 시절 그를 섬겼던 담당 궁내관이었다.

하르베스 폐황태자는 황궁에 있을 때 훗날 황위에 오르면 아돌프를 중히 쓰겠다는 약속을 자주해 왔었다.

아돌프도 그 약속을 믿고 성심을 다해 하르베스 폐황태자를 섬겼다.

하르베스 폐황태자가 폐위되고 아베론 영지로 쫓겨 온 이후에도 둘의 관계는 크게 달라지지 않았다.

하르베스 폐황태자는 아돌프의 능력을 아까워해 황궁에 남으라는 명을 내렸다.

그러나 아돌프는 하르베스 폐황태자 이외의 황족을 섬길 마음이 없었다.

그래서 하르베스 폐황태자 몰래 아베론 영지로 따라와 결국에는 총관의 소임까지 맡게 된 것이다.

레이샤드도 하르베스 폐황태자 만큼이나 아돌프의 능력을 전적으로 신뢰하고 있었다.

덕분에 아돌프는 총관으로서 아베론의 영주를 연이어 섬기는 영광을 누렸다.

만일 아베론 영지가 다른 영지들과 같은 멀쩡한 영지였다면 아마 아돌프의 능력이 더욱 빛을 발했을 것이다.

그러나 애석하게도 그가 맡고 있는 영지는 대륙 지도에는 이름조차 남지 않은 버림받은 영지였다.

그렇다 보니 영지 관리를 하는 것 자체가 곤욕인 날들이 많았다.

"영주님, 아돌프입니다."

오늘도 영주의 집무실 문을 두드리는 아돌프의 표정은 참참하기 그지없었다.

가급적이면 어린 영주에게 부담을 지워주고 싶지 않았지만 저주받은 영지의 사정이라는 게 결코 긍정적일 수가 없었다.

"어서 오세요."

굳어진 아돌프의 얼굴을 살피며 레이샤드가 나직이 한숨을 내쉬었다.

오늘은 또 어떤 안 좋은 일이 있는 것일까. 아직 단련되지 않은 레이샤드의 심장이 벌써부터 벌렁거리기 시작했다.

"무슨 일 있나요?"

레이샤드가 애써 마음을 다잡으며 물었다. 그러자 잠시 망설이던 아돌프가 어렵사리 입술을 떼었다.

"서쪽 마을에 있던 영지민 스물이 영지를 떠났습니다."

"스, 스무 명이나요?"

"그게……."

아돌프는 놀란 레이샤드에게 상황을 설명했다.

이번에 영지를 떠난 이들은 남서쪽 구리광산에서 일하던 광부들이었다.

그들은 영지에 하나뿐인 구리광산에서 대를 이어 채굴을

해왔다.

구리광산의 규모는 작았지만 구리의 질이 상당히 높았기 때문에 아베론 영지를 오가는 상단에게 제법 비싼 값을 받고 팔수가 있었다.

그러던 게 두 달 전쯤 광산의 채굴이 끝나 버렸다.

아무리 캐 봐도 광물은 나오지 않았다. 잡광들이 조금씩 채광되긴 했지만 그것만으로는 광부들이 먹고 사는 게 막막했다.

광산을 잃은 광부들은 아돌프에게 달려와 새로운 광산을 찾게 해달라고 부탁했다.

아베론 영지의 권역으로 지정된 곳의 광산은 폐광된 구리광 하나뿐이었지만 조금만 더 깊숙이 들어가면 새로운 광산이 나올 가능성이 없지 않았다.

그러나 아돌프는 마기에 감염될 수 있다는 이유를 들어 광부들의 청을 거절했다.

영지의 운영 원칙을 놓고 봐도 광부들의 부탁은 애당초 무리한 것이었다.

마법진 밖의 아베론 영지는 위험했다. 그곳의 개발을 허락했다가 영지민들이 병에라도 걸린다면 그 모든 원망은 영주에게 향할 수밖에 없었다.

그 과정에서 불만을 품은 광부 세 명이 가족을 전부 이끌고 아베론 영지를 떠나겠다고 나섰다.

덕분에 아베론 영지는 스무 명이나 되는 영지민을 잃고 말았다.

다른 영지 같았다면 그 정도 일로는 눈 하나 까딱하지 않았을 것이다.

규모가 가장 작은 남작령이라 하더라도 한 해에 백여 명의 아이가 태어나고 그와 비슷한 이들이 죽음을 맞는다.

어떨 때는 수백여 명의 영지민이 영지를 빠져나가기도 하지만 또 반대로 수백여 명의 영지민이 영지로 유입되는 경우도 생긴다.

그렇다 보니 스무 명의 이주는 의례 있는 일로 넘길 수 있었다.

하지만 인구수가 적어서 영지로 불리는 게 민망할 정도인 아베론 영지의 입장은 달랐다.

고작 스물이라는 숫자 앞에서도 아돌프와 레이샤드는 결코 냉정할 수가 없었다.

"다른 광부들의 반응은 어떤가요?"

레이샤드가 걱정스런 얼굴로 물었다.

스무 명의 이주민을 끝으로 반발이 진정된다면 다행이겠지만 만에 하나라도 집단 이주로 이어진다면 큰일이 아닐 수 없었다.

"그렇지 않아도 사람을 시켜 알아봤습니다만 광부 세 명 정도가 영지를 떠날 생각을 가지고 있는 것 같습니다."

아돌프가 제법 심각한 목소리로 말했다.

이미 영지를 떠난 이들이야 어쩔 수 없다지만 이주를 고민하는 이들까지 이대로 두고만 볼 수는 노릇이었다.

아베론 영지의 미래를 위해서라도 흔들리는 이들의 마음을 어떻게든 다잡아야 했다.

"그럼 어찌해야 하나요? 새로운 광산을 찾는 걸 허락해야 하나요?"

레이샤드가 아돌프에게 지혜를 구했다.

지금 광부들의 마음을 되돌릴 수 있는 유일한 방법은 새 광산을 마련해 주는 것뿐이었다.

"후우……. 저도 그게 고민입니다."

아돌프가 답답하다는 듯 한숨을 내쉬었다.

마법진의 영향력 밖에 있는 땅은 마기의 농도가 짙다.

자칫 잘못했다간 마기에 감염되어 목숨을 잃게 될 수 있었다.

그렇다고 광산도 없는 영지에서 광부들을 붙잡아 두고 있을 수만도 없는 노릇이었다.

"어떻게든 방법을 찾아봐야겠네요."

레이샤드가 주먹으로 볼을 괴며 중얼거렸다.

지금껏 제법 열심히 영지를 이끌어 왔던 어린 영주에게 첫 번째 시련이 찾아왔다.

5

다음 날 아침.

아베론 영지의 소회의실에 영지 회의가 소집되었다.

본래 영지의 중차대한 문제를 논의할 때에는 소회의실이 아닌 대회의실에서 회의를 갖는 게 일반적이었다.

그러나 아베론 영지의 가신과 관리들을 전부 더해 봐야 여섯 명밖에 되지 않기 때문에 하르베스 폐황태자 시절부터 대회의실보다는 소회의실을 애용하곤 했다.

"영지민들이 또 빠져나갔다면서요?"

영지의 내무를 담당하는 에이작이 시작부터 불평을 늘어놓았다.

워낙 작은 규모의 영지다 보니 소문이 빨리 나도는 건 어쩔 수 없다지만 그렇다 하더라도 영주인 레이샤드를 제쳐두고 회의 안건을 입에 올리는 건 무례한 행동이었다.

"그 문제를, 오늘 영주님께서 말씀하실 겁니다."

아돌프가 못마땅한 얼굴로 에이작에게 눈총을 주었다.

그러나 에이작은 그 정도는 상관없지 않느냐는 듯 어깨를 으쓱거렸다.

누가 먼저 말을 꺼내든 영지민들이 영지를 떠난 건 부정할 수 없는 사실이었다.

그리고 오늘 이렇게 회의가 열린 건 추가적인 영지민들의 이탈을 막기 위한 대책을 논의하기 위해서였다.

고작 사실을 알리기 위한 자리는 아닐 테니 조금 일찍 안건을 꺼냈다고 해서 문제 될 것은 없어 보였다.

이처럼 에이작이 안하무인인 건 그가 아베론 영지에서 태어났기 때문이다.

하르베스 폐황태자 일가가 아베론 영지에 오기 전부터 에이작은 이곳의 관리로 있었다. 그리고 그의 선조들 또한 대대로 아베론 영지의 관리로 살아 왔다.

그렇다 보니 에이작은 은연중에 관리들의 수장 역할을 자처하고 있었다. 그리고 스스로도 그러는 게 당연하다고 여겼다.

그러나 현재 아베론 영지의 주인은 상석에 앉아 있는 레이샤드였다.

"영주님이 계시지 않습니까. 예를 갖추십시오."

행정 담당관 모비드가 넌지시 아돌프의 편을 들었다.

다른 관리들도 에이작의 태도가 못마땅한 듯 하나같이 이맛살을 찌푸렸다.

"흠, 흠. 영주님. 죄송하게 됐습니다."

분위기가 싸늘해지자 에이작이 마지못해 레이샤드에게 고개를 꾸벅거렸다.

"괜찮아요. 그리고 기왕 말이 나왔으니 그 문제에 대해 논의를 했으면 좋겠어요."

레이샤드가 개의치 않는다며 회의를 이끌었다.

비록 나이는 어렸지만 영주 노릇을 한 지 3년이 다 되어 가고 있었다. 그래서인지 에이작의 무례함이 특별히 어색하게 느껴지지 않았다.

"제가 듣기로 이번에 영지를 떠난 이들이 광부들이라고 하던데 사실입니까?"

군무를 담당하고 있는 페터슨이 아돌프 쪽으로 고개를 돌렸다. 그러자 아돌프가 나직이 한숨을 내쉬며 고개를 끄덕였다.

"다들 아시다시피 영지에 하나뿐인 구리광이 폐광되었지 않습니까. 더는 캐도 나올 게 없으니 폐광시키는 게 당연한 노릇이겠지만 광부들에게는 그곳이 삶의 터전이나 마찬가지다 보니 충격이 컸던 모양입니다."

아돌프를 대신해 상업 담당관 브루스가 상황을 설명했다.

그러자 그의 맞은편에 앉아 있던 에이작이 충분히 이해한다는 듯 고개를 끄덕거렸다.

영지 입장에서야 생산성이 없는 광산은 안전을 위해서라도 폐광시키는 게 옳았다.

광부들을 위한답시고 빈 광산을 붙잡아두고 있어 봐야 쓸데없는 운영비만 지출될 뿐이었다.

그러나 하나뿐인 광산만을 보며 살아왔던 광부들의 입장은 달랐다.

광산이 문을 닫으면 생업이 막막해진다.

영지에 다른 광산이 있거나 혹은 영지에서 새로운 광산을 찾으려는 노력이라도 보여 준다면 또 모르겠지만 어쩔 수 없다는 이유로 하나뿐인 광산을 폐광시키고 이후의 일은 알아서 하라는 식의 영지의 방침을 납득하기란 어려웠을 것이다.

"영지 내 다른 광산은 없는 것입니까?"

재정 담당관 조르만의 시선이 브루스에게 향했다.

"다른 광산이 있었다면 광부들이 이주를 선택하지는 않았겠지요."

브루스가 힘없이 고개를 흔들었다.

아베론 영지는 다른 영지들에 비해 세율이 터무니없이 낮은 편이었다.

영지의 생산성 자체가 워낙 낮은데다가 영지 운영비를 주변 왕국들이 지원해 주고 있기 때문에 굳이 얼마 되지도 않는 영지민들을 쥐어짤 필요는 없었다.

그래서 아베론 영지의 영지민들도 영지에 대한 애착이 적지 않았다.

다른 영지로 이주해서 제대로 정착할 수 있을지는 그 누구도 장담하기가 어려웠다.

그렇다 보니 생업이 보장되는 한 가급적이면 아베론 영지에서 살아가기를 희망했다.

"제가 듣기로는 광부들이 새 광산을 찾게 해달라고 사정을 했다던데요?"

페터슨이 다시 브루스에게 시선을 돌렸다.

마치 광부들이 떠난 게 브루스의 무능함 때문이라고 질책이라도 하는 것 같았다.

그러자 브루스가 억울하다는 얼굴로 아돌프를 바라봤다. 광부들의 청을 무시한 건 결과적으로 아돌프의 결정이었다.

"그렇지 않아도 5년 전에 영지에 추가적인 광산이 있는지 조사를 해봤습니다만 없다는 결론을 내렸습니다. 광부들의 사정을 모르는 바는 아니지만 그렇다고 없는 광산을 만들어 줄 수는 없는 노릇 아닙니까."

아돌프가 다소 굳은 목소리로 말했다.

광부들이 듣는다면 서운해할지 모르겠지만 그것이 그의 입장이고 영지의 방침이었다.

그리고 그 사실을 모르는 관리들은 아무도 없었다.

그럼에도 불구하고 페터슨이 다시 말을 꺼낸 건 이대로는 미래가 없다는 불안함 때문이었다.

"광부들의 말에 따르면 폐광된 광산 근처에 분명히 다른 광산이 있을 것이라고 했습니다. 광산에서 캐낸 다른 잡석들만 봐도 그 근거는 충분하고요."

폐광된 광산에서는 구리뿐만 아니라 다양한 광물들이 발견되었다.

그중에는 미량이나마 제법 질이 좋은 흑철광도 포함되어 있었다.

흑철광의 특성상 조금이라도 발견된 지역 근처에 분명 대규모의 매장지가 존재할 게 확실했다.

그곳만 찾아낸다면 아베론 영지는 구리광에 의존했던 시절과는 비교조차 할 수 없을 만큼 부유해질 수 있었다.

하지만 아돌프는 고개를 흔들었다. 그리고 원론적인 대답만 되풀이했다.

"물론 그럴 가능성이 없지는 않겠지만 광산 발굴 전문가들은 영지 내에서 다른 광산을 찾지 못했습니다."

제국에서도 이름난 광산 발굴가를 거금을 들여 초빙해 새로운 광산의 존재 가능성을 타진한 게 고작 5년 전의 일이다.

거의 반년에 가까운 탐사 끝에 광산 발굴가는 영지 내 흑철광산의 존재 가능성은 없다고 판단했다.

그리고 있을지조차 모르는 흑철광산을 찾기 위해 헛돈을 쓰기보다는 차라리 마법진의 유지에 사용하는 편이 나을 것이라는 쓸데없는 참견도 덧붙였다.

아돌프는 그때의 치욕을 아직까지 잊지 않고 있었다.

그래서 광산 개발이라는 말에 늘 부정적인 인식을 가지고 있었다.

그러나 광산 개발자는 아무것도 찾지 못하고 제국으로 돌아간 게 아니었다.

"정확하게 말하자면 마법진으로 보호받고 있는 영지 내에서겠지요."

에이작이 나서서 아돌프의 발언을 지적했다.

그 당시 함께 광산 개발자의 보고를 받았던 그의 기억에 따르면 분명 폐광의 북서쪽에 다량의 흑철광이 존재할 가능성이 높다고 했다.

하지만 그 가능성은 아돌프를 비롯한 관리들이 원하던 대답이 아니었다.

아돌프와 관리들은 흑철광의 매장지가 마법진으로 보호받고 있는 영지 이내에 존재하길 바랐다. 그래야만 안심하고 채광을 시작할 수 있었다.

그러나 질 좋은 흑철광은 마법진의 영역 밖에 있었다. 그 결과 유능한 광부들만 떠나는 결과를 초래하고 말았다.

그렇다고 해서 마법진으로 보호받지 못하는 지역의 광산 개발을 허락할 수는 없는 노릇이었다.

아베론 영지에서 영지민들이 살 수 있는 건 마기의 흐름을 북으로 되돌리는 마법진 덕분이었다.

"마법진으로부터 보호받지 못하는 곳은 영지라고 할 수 없습니다."

아돌프의 날카로운 눈빛이 에이작을 향해 날아들었다.

다른 사람도 아니고 아베론 영지에서 나고 자란 에이작이 그 사실을 모를 리 없었다.

아베론 영지에 속한 넓은 땅들 중 실질적으로 영지라 부를 수 있는 건 전체의 20퍼센트밖에 되지 않았다.

나머지 지역은 북에서부터 밀려온 마기들과 마법진에 의해 역행한 마기들로 인해 오염이 된 상태였다.

오염된 대지에 발을 디딜 경우 어떤 결과가 일어나는지 모르는 관리들은 한 명도 없었다.

영지의 미래를 위해, 광부들을 영지에 붙잡아 두기 위해 값비싼 흑철광을 찾는 것은 굉장히 중요한 일이지만 영지민들을 사지로 밀어넣을 수는 없는 노릇이었다.

"그렇다고 아무것도 하지 않은 채 이대로 지켜볼 수는 없지 않습니까?"

에이작이 답답하다는 얼굴로 말했다.

물론 그 역시도 마법진을 벗어나면 위험하다는 것쯤은 충분히 알고 있었다.

　그러나 당장 광산이 없어 떠나려 하는 광부들을 붙잡고 싶다면 어떻게든 새로운 광산을 찾아주는 게 영지를 관리하는 자의 도리였다.

　게다가 아예 있지도 않는 광산을 찾자는 것도 아니었다.

　제국에서도 이름난 광산 개발자가 멀지 않은 곳에 질 좋은 흑철광산이 존재할 가능성이 높다고 했다.

　지금은 비록 가능성뿐이지만 본격적인 발굴을 하다 보면 진짜 흑철광산이 떡 하고 나타날 것이다.

　그렇게만 된다면 광부들은 등을 떠밀어도 영지를 떠나지 않을 것이다. 덩달아 아베론 영지도 막대한 이익을 얻게 될 것이다.

　흑철광 개발은 광부들의 이탈에 따른 영지민들의 동요를 막고 영지의 발전을 도모할 수 있는 절호의 기회나 마찬가지였다.

　이 같은 기회를 단순히 위험하다는 이유만으로 외면하는 아돌프를 에이작은 도저히 이해할 수가 없었다.

　하지만 아돌프의 뜻은 확고했다.

　"제국의 광산 개발자조차 어둠의 대지에는 발을 들이지 않았습니다. 그것이 무슨 의미인지 정녕 모른단 말입니까."

아돌프는 더 말할 가치도 없다는 듯 에이작에게서 시선을 거둬 버렸다.

발끈한 에이작이 재차 발언권을 얻기 위해 아돌프와 눈을 맞추려 했지만 소용없었다. 아돌프는 끝내 에이작을 외면해 버렸다.

사실 어둠의 대지라 불리는, 마법진으로부터 보호받지 않은 영지에 대한 개발은 오래전부터 논의가 되어 왔다. 그러나 단 한 번도 명확하게 답을 내린 적은 없었다.

과거 하르베스 폐황태자가 영지를 이끌던 시절에도 어둠의 대지를 한 번 조사해 볼 필요가 있다는 의견이 나왔다.

그리고 그때는 아돌프도 영지 개발에 적극적인 입장이었다.

그러나 어둠의 대지로 들어갔던 조사단 전원이 행방불명이 되면서 아돌프는 자신의 섣부른 결정을 후회했다.

그 결과가 어둠의 대지 개발에 대한 무조건적인 반대로 이어진 것이다.

하지만 애석하게도 현실은 그리 녹록치 않았다.

그때는 구리광이라도 있었지만 지금은 그마저도 사라진 상태였다.

에이작의 말처럼 영지 개발 없이는 영지민들을 더 이상 영지에 붙들어 둘 수 없는 상황에까지 이르렀다.

마법진으로부터 보호받고 있는 아베론 영지에서도 농사는 불가능한 일이었다.

아직 지력은 남아 있지만 마기가 섞여 있기 때문에 곡물의 생장 자체가 어려웠다.

영지 운영의 기본인 농사가 불가능하다 보니 자체적으로 영지를 유지하기가 어려웠다.

그나마 주변 왕국들로부터 원조 받는 곡물들을 아낌없이 풀어놓고 있으니 망정이지 그마저도 없었다면 아마도 아베론 영지의 영주민들은 한 명도 남아 있지 않았을 것이다.

그런 아베론 영지에서 유일하게 내세울 수 있었던 게 바로 질 좋은 구리광산이었다.

사실상 구리 광산이 영지의 유일한 생산품이나 마찬가지였다.

구리 광산마저 사라진 지금 아베론 영지가 내세울 수 있는 건 이제 아무것도 없었다.

북쪽으로부터 밀려 내려오는 마기를 막아주고 있다는 상징성도 퇴색된 지 오래였다.

이제는 정말 마기로 인해 변이된 물건들이나 마탑에 넘기면서 생계를 이어나갈 수밖에 없게 된 것이다.

이 같은 상황에서 영지 개발의 안전을 운운하고 있는 것 자체가 사치스러운 이야기나 마찬가지였다.

"광산 없이 광부들을 붙잡아 둘 수는 없습니다. 당분간이야 영지에서 그들의 생계를 지원해 준다 하더라도 결국은 영지를 떠나고 말 겁니다."

조르만이 아돌프를 설득하듯 말했다.

영지의 입장을 떠나 얼마 남지 않은 영지민들을 지키기 위해서라도 그들이 원하는 걸 들어줄 필요가 있었다.

하지만 아돌프는 눈 하나 까딱하지 않았다.

영지의 미래를 위해서라는 핑계로 더 이상 불필요한 목숨을 잃게 하지 않겠다는 게 그의 의지였다.

그때였다.

"마법진의 효과를 조금 더 증폭시키는 건 어때요?"

잠자코 있던 레이샤드가 한마디 내던졌다.

그러자 아돌프는 물론이고 모든 관리가 놀란 눈으로 레이샤드를 바라봤다.

"영주님, 죄송합니다만 조금 자세히 말씀해 주시겠습니까?"

이해력이 다소 부족한 페터슨이 레이샤드에게 설명을 부탁했다. 그러자 레이샤드가 흔쾌히 고개를 끄덕이며 말을 이었다.

"현재 마법진은 100년 전쯤에 설치가 된 거잖아요. 그때와 지금의 상황은 많이 달라졌을 거라고 봐요. 마법진의 효과를 조금 조정해서 보호 마법이 미치는 범위를 확장한다면 새로운 광산이 있는 지역까지 영지로 편입시킬 수 있을 거예요."

레이샤드의 말은 충분히 그럴듯했다.

현재 아베론 영지에서 영지민들이 살 수 있는 건 마법진의 보호 덕분이었다.

그 마법진의 범위를 확장시킨다면 애꿎은 목숨을 잃는 일 없이 새 광산을 얻을 수도 있었다.

"오오, 아주 좋은 생각이십니다!"

조르만이 자신도 모르게 감탄을 터뜨렸다.

그뿐만 아니라 다른 관리들도 하나같이 고개를 끄덕였다.

평소 레이샤드를 우습게보던 에이작조차도 레이샤드가 다시 보이는 듯 놀란 눈을 끔뻑거렸다.

그러나 아돌프만은 입술을 꾹 다물고 있었다.

레이샤드의 의견에 아직 못 미더운 구석이 남은 모양이었다.

"아돌프 경의 생각은 어때요?"

레이샤드가 슬그머니 아돌프의 의견을 구했다. 그러자 잠시 망설이던 아돌프가 이내 입술을 뗐다.

"이론적으로 영주님의 의견은 훌륭하십니다. 만일 그게 가능하다면 광부들의 불만을 달래주는 건 물론이고 영지에도 큰 도움이 될 겁니다."

아돌프는 일단 레이샤드의 의견을 칭찬했다.

레이샤드도 아돌프의 칭찬이 듣기 좋았던지 씩 웃음을 흘렸다.

하지만 그것도 잠시.

두어 번 헛기침을 하던 아돌프가 레이샤드의 주장 속에 숨어 있는 맹점들을 짚기 시작했다.

"다만 마법진을 변형한다는 건 말처럼 간단한 일은 아닐 것 같습니다. 현재 마법진은 말씀하신 것처럼 100년 전에 만들어졌습니다. 5년에 한 번씩 수정과 보완이 이루어지고 있다곤 하지만 그 틀만큼은 100년이나 지금이나 크게 달라지지 않았습니다. 그것이 무엇을 의미하는 것이겠습니까. 아직은 북쪽에서 밀려 내려오는 마기가 적지 않다는 의미가 아니겠습니까."

아돌프의 주장은 간단했다.

레이샤드의 말처럼 100년 전에 비해 지금의 마기의 흐름이 약해졌다면 마법사들이 먼저 마법진의 확장을 고려했을 것이라는 의미였다.

만에 하나 100년 전에 비해 마기 흐림이 변함이 없는데 마법진의 효과를 약화시키면서까지 그 힘을 마법 범위 확장으로 돌린다면 아베론 영지를 둘러싼 마나의 결계가 무너지고 말 것이다.

설상가상으로 100년 전에 비해 지금의 마기의 흐름이 더 강해졌다면? 이후의 일은 그 누구도 상상하고 싶지 않을 것이다.

마법진을 수정하기 위해서는 그만한 확신을 주어야 했다.

단순히 흑철광산이 욕심난다는 이유로 더 큰 위험을 감내할 수는 없는 노릇이었다.

아돌프의 말에 잠시 흥분했던 회의장이 차분하게 변했다.

레이샤드의 의견은 분명 획기적인 것이었지만 아돌프의 말처럼 위험성이 없지 않아 보였다.

그러나 레이샤드가 아무 생각 없이 마법진을 조정하자는 말을 꺼낸 건 아니었다.

"잠시만요."

아돌프의 말이 끝나기가 무섭게 레이샤드가 회의장을 나섰다. 그리고는 집무실에서 주먹만 한 마정석 열 개를 들고 왔다.

"이것들 좀 보세요."

다시 회의장으로 돌아온 레이샤드가 원탁 위에 마정석을 순서대로 세워 놓았다.

"이게 무엇입니까?"

모비드가 마정석을 유심히 살피며 물었다. 그러자 레이샤드가 아무렇지도 않은 목소리로 말했다.

"마기가 담긴 마정석들이에요."

레이샤드의 말에 관리들이 약속이나 한 것처럼 의자를 뒤로 물렸다.

몸이 날랜 페터슨은 어느새 회의장의 문을 잡고 서 있었다.

오직 아돌프만이 굳은 얼굴로 자리를 지켰다.

회의장에 마기를 머금고 있는 마정석을 가져온 것 자체가 경악스러운 일이었지만 레이샤드에게 그만한 이유가 있을 것이라고 짐작했다.

"너무 겁내지들 마세요. 아시겠지만 이 마정석들은 마기를 흡수하게 제작되어 있어요. 마기가 밖으로 흘러나오는 일은 없으니까 걱정 마세요."

레이샤드가 웃으며 놀란 관리들을 달랬다.

그제야 관리들이 안도의 한숨을 내쉬며 제자리로 돌아갔다.

"이런 걸 가져오실 거면 미리 말씀이라도 해주시면 좋았잖습니까."

에이작이 관리들을 대신해 불만을 터뜨렸다. 가늘고 길게 사는 게 인생철학인 그로서는 하마터면 가슴이 철렁 내려앉을 뻔했다.

"아, 미안해요. 급한 마음에 그만 결례를 했네요."

레이샤드가 관리들에게 뒤늦게 고개를 숙였다. 하지만 그의 표정은 여전히 당차 보였다. 마정석을 통해 보여줄 게 아직 남아 있는 것처럼 말이다.

"그런데 마정석은 왜 가져오신 겁니까?"

브루스가 레이샤드를 바라보며 물었다.

아무리 생각해 봐도 회의장에 마기를 머금은 마정석을 가져올 이유가 없었다.

그러자 레이샤드가 대답 대신 마정석들에 대한 설명을 늘어놓았다.

"이쪽 마정석은 한 달 전에 영주 직영지에서 가져온 거예요. 그리고 이쪽 마정석은 두 달 전 거구요. 이쪽 끝에 있는 건 열한 달 전 거예요. 각기 한 달 단위로 영주 직영지의 마기를 측정한 거예요. 한 번 잘 살펴보세요."

레이샤드는 자신이 모든 것을 밝히기보다는 관리들이 스스로 마정석의 비밀을 알아내 주길 바랐다.

나이는 어리지만 그 점이 보다 설득력이 높다는 것쯤은 알고 있었다.

"흠……."

어린 영주의 주문에 관리들이 눈싸움이라도 하듯 눈을 부릅뜨고 열 개의 마정석을 살피기 시작했다. 그렇게 삼 분여의 시간이 흘렀을까.

"아!"

모비드가 뭔가를 알아챈 듯 원탁을 내려쳤다.

자연스럽게 다른 귀족들의 시선이 모비드에게 향했다. 그러자 모비드가 마정석을 가리키며 말했다.

"마기의 양이 조금씩 다릅니다. 정확하게 말하자면 예전의 마정석에 비해 최근의 마정석에 담겨 있는 마기의 양이 약간이나마 적습니다."

모비드의 말처럼 11개월 전에 측정한 마기의 양과 지난달에 측정한 마기의 양은 눈으로 구별이 가능할 정도로 차이가 있었다.

전체적으로 보더라도 시간이 지날수록 마정석에 스며든 마기의 양이 조금씩 줄어들고 있다는 걸 확인할 수 있었다.

"제 생각에 영주님께서는 영지의 마기가 점점 옅어지고 있다는 사실을 알리기 위해 마정석을 가져오신 것 같습니다만……."

모비드가 답을 확인하듯 레이샤드를 바라봤다.

"바로 그거예요!"

레이샤드가 씩 웃으며 고개를 끄덕였다. 그가 굳이 마기가 든 마정석을 가져온 진짜 이유도 영지의 변화를 관리들이 직접 눈으로 보고 확인하길 바라서였다.

만일 아베론 영지를 휘감고 있는 마기가 여전히 강맹하다면 마법진에 손을 댄다는 것 자체가 철없는 발상일지 몰랐다.

그러다 마기를 막고 있는 마법의 보호 장벽이 깨지기라도 한다면 영지 전체가 위험에 빠질 수 있었다.

그러나 마기의 기세가 점점 약해지고 있다면 마법진을 변형시켜 보다 넓은 지역을 보호하게 만드는 것도 결코 나쁜 발상이 아니었다.

"어찌 보십니까?"

브루스가 아돌프를 바라보며 물었다.

"흠……."

생각이 많아진 듯 아돌프가 나직이 한숨을 내쉬었다. 그러자 에이작이 기다렸다는 듯 목소리를 높였다.

"망설일 게 뭐가 있습니까? 마기가 사라지고 있다면 당연히 마법진을 고쳐야지요."

에이작은 군말 없이 레이샤드의 뜻에 동참했다.

상대가 평소 탐탁지 않게 여기는 어린 영주라는 사실은 까맣게 잊은 듯했다.

"제 생각도 같습니다."

"영주님께서 좋은 해결책을 내주셨는데 따르는 게 도리가 아니겠습니까?"

다른 관리들도 고개를 끄덕였다. 마기가 옅어지고 있다는 걸 눈으로 확인한 이상 더는 레이샤드의 의견에 반대할 이유가 없었다.

"아돌프 경."

관리들의 지지를 등에 업은 레이샤드가 마지막으로 아돌프의 결단을 재촉했다.

아베론 영지의 특성상 모든 관리가 찬성하더라도 총관인 아돌프가 반대한다면 일을 진행시킬 수 없었다.

"하아, 일단은 긍정적으로 생각해 보겠습니다."

한참을 고심하던 아돌프가 마지못해 고개를 끄덕였다.

여전히 마음에 걸리는 게 한두 가지가 아니었지만 지금으로서는 레이샤드의 의견 말고는 다른 방책이 없어 보였다.

6

비관적이었던 회의는 레이샤드의 활약 속에 긍정적인 답을 내놓고 끝이 났다.

"저는 먼저 일어나 볼게요."

회의가 끝나자 레이샤드가 몸을 일으켰다.

본래 영주의 역할이란 영지 발전에 큰 틀을 잡아주는 게 주된 것이었다.

아직 경험도, 연륜도 부족한 그가 남아서 구체적인 방안을 내놓기란 쉬운 일이 아니었다.

레이샤드가 빠지면서 자연스럽게 회의는 아돌프가 주관하

게 됐다.

다른 때 같았으면 아돌프는 회의의 결과물을 놓고 2차 회의를 시작했을 것이다. 눈앞에 일이 있으면 차일피일 미루지 않는 게 그의 성격이었다.

그러나 이번에는 달랐다.

영지의 새로운 발전 방향이 제시된 상황에서 아돌프는 전혀 다른 안건을 내놓았다.

"다들 아시겠지만 영주님의 열다섯 번째 생일이 얼마 남지 않았습니다."

아돌프가 먼저 운을 뗐다. 그러자 에이작을 제외한 가신들이 묵묵히 고개를 끄덕였다.

"그 이야기는 다음에 해도 되지 않습니까?"

에이작이 홀로 불만을 드러냈다.

영주의 생일이 어떤 의미인지 모르는 바는 아니지만 이제 겨우 열다섯이 되는 소년이다.

관리들이 어린 영주의 생일을 위해 머리를 맞댄다는 것 자체가 우습게만 느껴졌다.

하지만 열다섯 살을 맞는 생일은 레이샤드는 물론이고 아베론 영지에 있어서도 의미가 있었다.

"영주님의 생일이잖습니까. 헬레나님께서도 병석에 계시는데 우리가 챙겨 드리는 게 도리 아니겠습니까?"

모비드가 에이작을 향해 눈총을 줬다. 그러자 에이작이 발 끈하며 원탁을 내리쳤다.

"누가 그걸 모른답니까? 다만 지금은 영지의 발전 방향에 대해 논의해야 할 때가 아닙니까? 안 그렇습니까?"

에이작이 주변을 둘러보며 동의를 구했다.

적어도 한 명 쯤은 자신의 뜻에 동조해 주는 관리가 있을 것이라는 희망을 가졌다.

하지만 애석하게도 관리들 중 누구도 에이작의 편을 들어 주지 않았다.

"마법진의 변경 문제는 지금 논의를 해봐야 답이 나오는 게 아니지 않습니까?"

"확실히 마법사들과도 논의를 해야 할 테고 신전과도 협의 를 해야 할 문제지요."

"광부들에게 조만간 좋은 소식이 있을 것이라는 언질을 주 면 충분히 안심시킬 수 있을 겁니다."

"마법사들이 영지로 와서 마법진을 점검하기까진 다소 시 간이 걸릴 테니 그전에 영주님의 생일을 챙겨 드리는 게 옳지 않겠습니까?"

관리들은 하나같이 레이샤드의 생일에 관심을 보였다.

황족에게는 성년으로 인식되는 열다섯이 되는 날이다.

열다섯 번째 생일이 지나면 레이샤드도 영지의 전면에 나설 수 있게 된다.

레이샤드가 진정으로 아베론 영지를 이끌게 되면 레오니스 제국 황실에서도 신경을 쓸 수밖에 없을 것이다.

비록 폐황태자의 아들이긴 하지만 황족의 지위까지 박탈당한 것은 아니었다.

레이샤드가 제국 황실에 도움을 청한다면 지금보다는 영지의 사정이 훨씬 좋아질 가능성이 높았다.

아돌프는 이번 레이샤드의 생일 연회를 다소 거창하게 치르고 싶었다.

지금까지는 다소 소소하게 연회를 열었지만 이번만큼은 레이샤드의 존재를 알리기 위해서라도 신경을 쓸 생각이었다.

"이 일은 모비드님이 맡아주십시오."

아돌프가 모비드를 바라보며 말했다.

본래라면 영지 내 업무를 담당하는 에이작이 주관해야겠지만 그의 성격상 제대로 된 연회를 준비할 리 없었다.

"맡겨만 주신다면 열심히 해보겠습니다."

모비드가 반색하며 말했다.

비록 작은 영지라곤 하지만 영주의 눈에 들 좋은 기회를 마다할 필요가 없었다.

"쳇."

자신의 의견이 묵살 당하자 에이작이 불만스러운 듯 투덜거렸다.

하지만 그것도 잠시.

회의가 레이샤드의 생일 연회 준비 쪽으로 기울자 그도 어느 샌가 슬쩍 발을 담갔다.

제3장

열다섯 번째 생일

1

아베론 영지의 남동쪽에 위치한 메이샤 왕국의 로델 백작령.

"흠……."

아베론 영지에서 온 초대장을 내려다보며 로델 백작이 나직이 한숨을 내쉬었다.

3년 전 갑작스럽게 죽은 하르베스 폐황태자를 대신해 영주의 자리에 오른 레이샤드가 벌써 열다섯 살 생일을 맞는다고 한다.

그 의미를 기리기 위해 생일 축하 연회에 자신을 초대하겠다는 내용이었다.

황족들뿐만 아니라 귀족들에게도 열다섯 번째 생일은 남다를 수밖에 없었다.

귀족가에서 태어났다고 해서 모두가 가문의 주인이 될 수 있는 건 아니었다.

가주의 자리를 잇는 건 선택받은 소수뿐.

나머지는 열다섯이 될 무렵부터 자신의 미래에 대한 진지한 고민을 할 수밖에 없게 된다.

다행히도 로델 백작은 전자의 경우에 해당했다.

전 로델 백작의 장남으로 태어나 별다른 일 없이 열다섯에 소영주에 임명됐다. 그리고 병약해진 선친을 대신해 12년 전, 스물아홉쯤에 영주의 자리에 올랐다.

그렇다 보니 열다섯 살에 대한 긍정적인 기억을 가지고 있었다.

"레이샤드님도 열다섯이 되셨으니 이제 본격적으로 영지를 다스리시겠군."

로델 백작이 슬쩍 웃음을 보였다.

죽은 하르베스 폐황태자와의 친분 때문일까.

레이샤드가 벌써 열다섯이 됐다는 사실에 괜히 기분이 좋아졌다.

"하르베스 전하께서도 살아계셨다면 더 좋았을 텐데."

로델 백작은 하르베스 폐황태자가 그리워졌다.

아직도 사사로이 전하라는 호칭을 사용할 만큼 그는 하르베스 폐황태자를 친구처럼 여기고 있었다.

물론 그도 처음에는 하르베스 폐황태자를 이용할 생각뿐이었다.

비록 정략으로 인해 황실에서 밀려나긴 했지만 하르베스 폐황태자가 평생 아베론 영지에 머물 거란 생각은 들지 않았다.

언제고 자신의 자리를 되찾기 위해 레오니스 제국으로 돌아가려 할 터.

그때를 위해 일부러 인연을 만들려 했다.

그러던 게 하르베스 폐황태자의 사람 됨됨이를 알게 되면서 로델 백작도 자연스럽게 진심이 되어버렸다.

하르베스 폐황태자는 쾌활하고 박학다식하며 지도력이 돋보이는 사내였다.

만일 황실에 남아 황제가 되었다면 제국을 더욱 잘사는 나라로 만들었을지 모른다는 기대가 절로 품어질 정도였다.

그는 인구수가 천여 명밖에 되지 않은 좁은 아베론 영지를 살리기 위해 평소에도 다양한 방법을 고심해 왔다.

그러면서 로델 영지에 지원도 당당히 요구해 왔다.

언제라도 꼬였던 일이 잘 풀리면 그 도움을 잊지 않겠다며 말이다.

로델 백작은 그런 하르베스 폐황태자가 늘 부러웠다.

만일 자신이었다면 황태자의 자리에서 쫓겨났다는 사실만
으로도 술과 여자에 빠져 인생을 허비했을 것이다.

그러나 하르베스 폐황태자는 그릇이 컸다.

지금은 아니더라도 나중에는, 자신은 어렵더라도 자신의
후손들 중에서 다시 황제가 나올 수 있다는 기대를 품고 있었
다.

로델 백작은 하르베스 폐황태자와 아베론 영지를 진심으
로 돕고 싶었다.

하르베스 폐황태자와 좋은 관계를 오래도록 유지하고 싶
었다.

그래서 메이샤 왕국 왕실에서 매년 세금에서 제해주는 아
베론 영지 지원금보다 훨씬 많은 지원금을 하르베스 폐황태
자에게 보냈다.

아울러 레이샤드와 나이가 엇비슷한 막내딸을 아베론 영
지에 시집보낼 생각도 가졌다.

만일 하르베스 폐황태자와 자신이 사돈이 될 수 있다면 얼
마나 좋을까.

만에 하나 하르베스 폐황태자의 일이 잘 풀려서 황실로 되
돌아가게 된다면 그 자체만으로도 큰 경사가 아닐 수 없었다.

거기에 레이샤드가 덜컥 황제라도 된다면?

자신의 딸이 황후가 되는 건 물론이거니와 자신 또한 제국 황실 외명부에 이름을 올릴 수 있게 되는 것이다.

설사 하르베스 폐황태자나 레이샤드가 황실로 되돌아가지 못하더라도 상관없었다.

하르베스 폐황태자는 물론이고 레이샤드 또한 총명함이 남달랐다.

황제의 자리를 바라보던 하르베스 폐황태자로부터 어려서부터 철저히 교육을 받은 덕에 또래의 아이들에 비해 생각이 깊고 사고의 폭도 넓었다.

하르베스 폐황태자의 장례식 이후로 따로 얼굴을 보지는 못했지만 들리는 소문에 따르면 레이샤드는 신임 영주로서 제법 제 몫을 다하고 있다고 한다.

물론 소문이 다소 부풀려졌을지 모르는 만큼 한 번쯤은 눈으로 확인해 볼 필요가 있었다.

그러나 이렇다 할 문제가 없다면 지금이라도 레이샤드를 사위로 삼고 싶은 심정에는 변함이 없었다.

"이번 기회에 레베카를 소개해 주는 것도 나쁘지 않겠지."

로델 백작의 입가를 타고 잔잔한 웃음을 흘렀다.

3년 동안 부쩍 자라 있을 레이샤드와 레베카가 나란히 선 모습을 상상하는 것만으로도 괜히 마음이 뿌듯해졌다.

2

레이샤드의 열다섯 번째 생일 연회에 참석하라는 지시가 백작 부인을 통해 레베카에게 전해졌다.

"아베론 영지가 어디야? 에냐는 들어본 적 있어?"

한참을 곰곰이 생각하던 레베카가 전담 하녀 에냐를 바라봤다.

그러자 에냐가 고민할 필요 없다며 서재에 비치해 놓은 대륙 북부 지도를 냉큼 가져왔다.

"지도에는 나와 있겠지요."

에냐가 씩 웃으며 지도를 펼쳤다.

하지만 한참을 찾아 봐도 북부 지도에는 아베론이라는 지명이 표기되어 있지 않았다.

"이상하다. 어머님께서 잘못 말씀하신 건가?"

레베카가 고개를 갸웃거렸다.

어쩌면 아베론이 아니라 이름이 비슷한 다른 영지를 백작 부인이 잘못 전달한 것인지도 몰랐다.

하지만 로델 영지 부근에 아베론과 헷갈릴 만한 이름을 가진 영지는 존재하지 않았다.

"잠시만요. 제가 하녀장님을 모셔 올게요."

부지런한 에냐가 하녀장에게 도움을 청했다.

다행히도 로델 백작을 가까이서 모시는 하녀장은 아베론 영지에 대해 들어 본 적이 있었다.

"레베카님, 혹시 하르베스님을 기억하시는지요?"

"하르베스님? 아…… 몇 해 전에 돌아가신 그분?"

"네, 그 하르베스님께서 다스리시는 작은 영지가 바로 아베론 영지랍니다."

"그래? 그런데 얼마나 작기에 지도에도 표시가 되어 있지 않은 거야?"

"그게……."

잠시 머뭇거리던 하녀장이 자신이 아는 바를 레베카에게 털어놓았다.

"아, 그런 일이 있었나요?"

올해로 열다섯이 되는 레베카는 세상물정에 대해 그리 밝은 편이 아니었다.

로델 백작과 백작부인 품속에서 화초처럼 지낸 덕에 바깥 소식을 접할 기회가 많지 않았다.

그래서 한때 전 대륙을 떠들썩하게 만들었던 하르베스 폐황태자의 폐위 사건에 대해서도 미처 알지 못하는 표정이었다.

"하르베스님, 안되셨네요."

함께 이야기를 듣고 있던 에냐가 자신도 모르게 하르베스 폐황태자를 동정했다. 그러자 레베카도 공감하듯 고개를 끄덕거렸다.

다른 때였다면 하녀장은 주제 넘는 에냐의 감상에 따끔하게 혼쭐을 냈을 것이다.

자신들끼리 있는 자리에서라면 또 모르겠지만 귀족을 앞에 두고 다른 귀족을 입에 올리는 건 무례한 일이었다.

그러나 이번만큼은 하녀장도 일부러 못 들은 척 굴었다. 레베카를 레이샤드에게 시집보내려는 로델 백작의 속내를 어느 정도 눈치채고 있기 때문이었다.

"그럼 하르베스님의 아드님이 아베론 영지를 다스리는 거야?"

레베카가 하녀장을 바라보며 물었다.

로델 백작은 분명 아베론 영주의 열다섯 번째 생일 연회에 함께 참석하자고 했다.

그렇다는 건 지금의 아베론 영지의 영주와도 어느 정도 친분이 있다는 의미일 터였다.

"레베카님 말씀대로예요. 지금 아베론 영지는 하르베스님의 장자이신 레이샤드님께서 다스리고 계시답니다."

하녀장이 웃으며 레이샤드에 대해 일러주었다.

"레이샤드라, 이름이 예쁜데요?"

에냐가 또다시 냉큼 끼어들었다. 그러자 이번에도 공감하듯 레베카가 가볍게 미소를 보였다.

"그런데 레이샤드님의 생일 연회에 레베카님도 초대가 된 건가요?"

에냐가 궁금한 듯 물었다.

혼기가 찬 하녀이다 보니 그런 쪽으로 제법 눈치가 빠르게 돌아갔다.

레베카도 큰 눈을 깜빡이며 하녀장을 바라봤다.

자신을 직접 초대했는지, 아니면 그저 로델 백작의 바람인지 알아 둘 필요가 있었다.

"초대장은 가문 앞으로 온 것으로 알고 있습니다. 그리고 백작님께서 이번 기회에 공녀님을 레이샤드님께 소개해 드릴 생각인 것 같습니다."

잠시 머뭇거리던 하녀장이 마지못해 진실을 털어놓았다. 그러자 레베카가 당황한 듯 얼굴을 붉혔다.

로델 백작이 딸인 자신을 소개하겠다는 것은 필시 아베론의 영주를 사윗감으로 생각하기 때문이었다.

그렇지 않고서야 과년한 나이라는 이유만으로 사교 모임조차 금한 로델 백작이 아베론 영주의 생일 연회에 동참하자고 권하지는 않았을 것이다.

"레이샤드님은 어떻게 생기셨어요?"

로델 백작의 속내를 눈치챈 레베카보다 에바가 더 열을 냈다.

어려서부터 모셔 왔던 레베카의 상대로 점쳐지는 사내가 어떤지에 대해 알고 싶어 죽겠다는 표정이었다.

그것은 레베카도 마찬가지였다. 갑작스럽게 아베론 영지로 가야 하는 상황이 당혹스러운 만큼이나 레이샤드에 대한 궁금증이 컸다.

그러나 하녀장도 레이샤드가 어찌 생겼는지에 대해서는 잘 알지 못했다.

단 한 번도 레이샤드를 본 적이 없으니 섣부른 추측조차 하지 못했다.

"그건 저도 잘 모르겠습니다. 하지만 백작님께서도 마음에 들어 하시는 거 같고 돌아가신 하르베스님도 상당한 미남이셨으니 직접 만나보시는 것도 나쁘지 않을 것 같다는 생각입니다."

하녀장이 애써 웃으며 말했다.

마음 같아선 잘생겼다고 말해주고 싶었지만 그러다 레베카가 실망이라도 하게 될까 봐 걱정이었다.

하지만 하르베스가 상당한 미남이었다는 말 한마디에 레베카는 안심하는 얼굴이었다.

"하긴. 하르베스님은 정말 멋진 분이셨지."

레베카의 눈빛이 그윽하게 변했다. 덩달아 에냐의 얼굴에도 수줍은 미소가 번져들었다.

3

같은 시각.

아베론 영지 남서쪽에 위치한 보르딘 왕국의 벡터 백작가에도 아베론 영지의 초대장이 도착했다.

"흥! 빌어먹는 주제에 생일 연회라니. 뻔뻔하기가 이루 말할 데가 없구나."

초대장을 읽어 내린 벡터 백작은 보란 듯이 코웃음을 쳤다.

현재 아베론 영지는 자신을 비롯해 인근 영지의 지원을 받으며 겨우겨우 자생해 가는 곳이었다.

물론 그 지원의 대부분을 보르딘 왕실에서 책임지고 있긴 하지만 벡터 백작가에서 신경 쓸 일도 한두 가지가 아니었다.

그런데 고작 어린 영주의 생일을 챙기겠다고 초대장을 보내다니. 그것도 가급적이면 필히 참가해 달라고 당부까지 하다니.

"결국 내가 보내 준 돈으로 연회를 열겠다는 말이 아닌가? 허……!"

벡터 백작은 생각하면 생각할수록 화가 치밀었다.

그런 돈이 있다면 쓸데없이 생일 연회를 열겠다고 돈을 쓰는 것보다 영지를 개발에 투자하는 편이 백번 나았다.

자신 같았으면 다른 영지에 구걸해서 먹고 사느니 어떻게든 자립하려 애를 썼을 것이다.

그렇다고 해서 벡터 백작이 아베론 영지의 미래에 대해 진심으로 걱정하고 신경 쓰는 건 결코 아니었다.

그는 예나 지금이나 아베론 영지를 마기들이 벡터 영지로 내려오지 못하도록 막는 벽 정도로만 여겼다.

"건방진 것들!"

끝내 화가 풀리지 않았던지 벡터 백작이 초대장을 와락 움켜쥐었다.

옆에 서 있던 총관이 재빨리 제지하지 않았다면 아마도 초대장은 그대로 갈기갈기 찢겨졌을 터였다.

"고정하십시오, 백작님."

벡터 백작가의 총관, 가바노가 벡터 백작을 달랬다.

그 역시도 아베론 영지의 연회 초대장이 당혹스럽긴 마찬가지였다.

하르베스 폐황태자 일가가 아베론 영지로 온 이후로 지금껏 단 한 번도 연회가 열린 적은 없었으니 낯설음도 컸다.

하지만 가바노는 벡터 백작처럼 아베론 영지에서 연회가 열리는 것 자체를 못마땅하게 여기지는 않았다.

연회란 귀족들의 특권이었다.

잘살고 못살고를 떠나 귀족이라면 누구나 사교를 위해 연회를 열 수 있었다.

게다가 현 영주인 레이샤드는 아직까지 레니오스 제국의 황족이었다.

쫓겨났다고는 하나 아직 황족 명부에 이름을 올리고 있는 만큼 연회를 여는 데 아무런 문제가 없었다.

만일 아베론 영지가 부유한 영지이고 하르베스 폐황태자 일가가 자연스러운 방법으로 영주의 자리에 올랐다면 지금쯤 벡터 백작은 연회 초대장을 받고 기뻐 날뛰었을 것이다.

그만큼 귀족 사회에 있어서 작위의 역학관계는 결코 무시할 수가 없었다.

남작, 자작, 백작, 후작, 공작, 대공.

이 6계급 중 백작 이상을 가리켜 고위 귀족으로 분류한다.

순서로 보자면 후작 이상을 고위 귀족이라 논해야겠지만 비율상 남작과 자작의 비율이 백작 이상의 작위를 더한 수보다 훨씬 많다 보니 백작까지 고위 귀족에 포함시켰다.

고위 귀족에게는 나라의 정책 결정에 관여할 수 있는 권리가 주어진다.

아울러 차기 군주를 논하거나 현 군주의 잘못을 막는 데 힘을 보태는 것도 가능해진다.

그런 점에서 고위 귀족인 백작과 하위 귀족(자작, 남작)의 위상 차이는 무척이나 컸다.

하지만 그런 백작이라 하더라도 후작이나 공작 앞에서는 기를 못 펴는 게 현실이었다.

백작이 고위 귀족이라 불린다고 해서 후작, 공작과 어깨를 나란히 하는 건 쉽지 않은 일이었다.

후작과 공작은 별도로 대귀족이라 불렸다. 고위 귀족 내에서도 다시 계층이 갈리는 것이다.

벡터 백작이 보르딘 왕국 북동부에서는 제법 힘깨나 쓰는 귀족이었지만 중앙 정계에 나가면 후작이나 공작들에게 치이기 일쑤였다.

일부 백작들처럼 왕도 주변에 영지를 갖거나 대귀족들과 영지를 나란히 해 친분을 쌓았다면 또 모르겠지만 벡터 백작은 전형적인 지방 귀족이었다.

그렇다 보니 신년 회의에 참석하더라도 이렇다 할 대접을 받기 어려웠다.

반면 레이샤드는 레오니스 제국의 황족이다. 황족은 황제의 가족들이니 귀족들의 범주에 들지 않았다. 그러나 일반적으로는 공작위에 준하는 대우를 해주는 게 원칙이었다.

더욱이 제국의 귀족들은 주변 왕국들의 귀족들보다 작위

를 우대받는 편이었다.

이를테면 제국의 자작은 제국 내에서는 자작일 뿐이지만 타왕국을 방문할 때는 백작위에 준하는 대우를 받는다.

제국과 주변 왕국들의 힘의 격차가 크기 때문에 자연스럽게 귀족들조차 존중받는 셈이었다.

그렇게 놓고 봤을 때 레이샤드는 보르딘 왕국 기준으로 대공의 작위에 준하는 존귀한 존재나 마찬가지였다.

보르딘 왕국에 대공위가 비어 있으니 실제로 보르딘 국왕이나 왕세자를 제외한 누구도 레이샤드에게 함부로 굴 수가 없었다. 그리고 그것이 대륙의 관례였다.

물론 가바노도 벡터 백작의 분한 심정을 이해 못하는 바는 아니었다.

본래 아베론 영지는 영지와 인접한 3국에서 30년씩 돌아가며 통치를 해왔다. 그리고 하르베스 황태자가 아베론 영지로 내쫓길 무렵에는 보르딘 왕국이 아베론 영지를 다스릴 차례였다.

보르딘 왕국에서는 아베론 영지의 총관으로 벡터 백작을 염두에 두고 있었다.

비록 별 볼 일 없는 땅이긴 하지만 그래도 다스리는 영지가 넓어진다는 건 영주 입장에서는 신이 나는 일이었다.

그런데 그 영지가 하루아침에 레오니스 제국에서 쫓겨난

하르베스 황태자에게 넘어갔으니 벡터 백작이 속 좁게 구는 것도 무리는 아니었다.

하지만 그렇다고 해서 그 감정을 함부로 밖으로 드러내는 건 위험천만한 일이었다.

만에 하나라도 아베론 영지의 초대를 조롱하며 불쾌하게 여겼다는 사실이 외부에 알려지기라도 한다면? 필시 레오니스 제국에서 가만있지 않을 터였다.

레이샤드의 이름이 제국 황실 명부에 남아 있는 이상 그는 레오니스 제국의 사람이다.

제국의 황족이며 동시에 영지를 가진 제국의 귀족이었다.

그런 레이샤드를 단순히 묵은 감정을 핑계로 조롱했다간 당장 레오니스 제국과 보르딘 왕국 간의 외교적인 문제로까지 번질 수 있었다.

만일 이 같은 속내를 전하면 백터 백작은 아마 쓸데없는 고민을 한다고 코웃음을 칠 것이다.

그러나 총관으로서 가바노는 모든 상황을 염려하고 걱정해야 하는 처지였다.

특히나 레오니스 제국의 외교부는 별것 아닌 사안을 가지고도 타국과의 교섭을 유리하게 끌고 가는 것으로 유명했다.

정말로 이 일이 레오니스 제국 정보부의 귀에 들어가고 다시 외교부의 협상 카드로 전해진다면?

벡터 백작의 하찮은 감정 표현이 보르딘 왕국의 국익에 어마어마한 손해를 끼치는 결과로까지 이어지게 될지도 몰랐다.

그러나 정작 벡터 백작은 가바노가 무엇을 걱정하는지 따위는 신경조차 쓰지 않았다.

그런 일에 신경 쓸 성격도 아니었다.

그는 오직 별것 아닌 아베론 영지가 황족이라는 이유만으로 자신에게 참석을 강요하듯 초청장을 보냈다는 게 불쾌할 뿐이었다.

"만일 내가 참석하지 않는다면 어찌 되는 거지?"

한참을 씩씩거리던 벡터 백작이 가바노를 바라보았다.

3대에 걸쳐 벡터 백작가를 섬기고 있는 그라면 분명 좋은 조언을 해줄 것이라 생각했다.

하지만 무엇이 진정으로 벡터 백작가를 위한 일인가를 놓고 판단했을 때 가비노가 해줄 수 있는 조언이야 뻔한 것이었다.

"별일이야 있겠습니까만…… 그래도 구설수에 오르실 수는 있을 것 같습니다."

"구설수라니?"

"아베론 영주의 생일 연회 초대장은 필시 다른 영지들에게도 전해졌을 것입니다. 다른 영지에서 전부 불참을 통보한다면 또 모르겠지만 한 곳이라도 참석을 하게 된다면 백작님에 대한 말들이 나돌 수 있겠지요."

가바노가 경험에 비추어 결과를 예측했다.

그의 말처럼 초대를 받고도 외면하는 건 초청자에 대한 예의가 아니었다.

초대를 받은 모든 영지에서 그럴듯한 사정을 내세워 초대를 거부한다면 벡터 백작이 불참한다 해서 크게 문제가 생기진 않을 것이다.

아베론 영지에서 불쾌감을 보이겠지만 추후 레오니스 제국이 이 일을 문제 삼더라도 주변 영지들끼리 합심해서 대처할 수 있었다.

하지만 어느 한 곳이라도 초대에 응한다면 이야기는 달라진다.

비록 황실을 떠나 있다곤 해도 제국 황족의 초대다.

그건 다시 말해 레오니스 제국의 초대나 마찬가지였다.

당연한 말이겠지만 초대를 받고도 불참한다면 레오니스 제국에 대한 무시로까지 비춰질 수도 있었다.

"젠장할!"

벡터 백작이 분통을 터뜨렸다.

고작 열다섯 살이 된다는 어린 영주의 생일을 축하해 주기 위해 마기가 득실거린다는 아베론 영지에 갈 생각을 하니 벌써부터 짜증이 치밀어 올랐다.

"그럼 나 대신 총관이 가는 건 어때?"

잠시 머리를 굴리던 벡터 백작이 또 다른 대안을 내놓았다.

어차피 벡터 백작 가문 앞으로 온 초대장인만큼 총관을 보내도 큰 문제는 없을 것이라 여겼다.

하지만 가비노는 천천히 고개를 흔들었다.

"아베론의 영주는 비록 어리긴 해도 제국의 황족입니다. 그가 처음으로 여는 연회에 제가 참석한다는 건 모양새가 좋아 보이지 않습니다."

총관이란 본래 영주를 대신해 영지 내의 대소사를 관장하는 일을 맡는다.

영주의 신임에 따라, 또한 영주의 나이나 건강 상태에 따라 총관의 권한에는 차이가 있지만 벡터 백작의 말대로 영주를 대신해 연회에 참석하는 것도 불가능한 일만은 아니었다.

그러나 그것도 보다 높은 작위의 영주가 낮은 작위의 영주의 초대를 받았을 때나 가능한 일이었다.

그렇게 따졌을 때 보르딘 왕국 내에서 아베론 영지에 총관을 비롯한 대리인을 보내어 축하 인사를 건넬 수 있는 건 보르딘 왕국의 국왕과 왕세자밖에 없었다. 그건 주변국들도 마찬가지였다.

"그럼 결국 참석해야 한단 말이야?"

벡터 백작이 답답하다는 듯 주먹을 움켜쥐었다.

좋게 생각하려 해도 고작 열다섯밖에 안 되는 어린 황족의 생일을 축하해야 한다는 게 자존심이 상한 모양이었다.

하지만 나이를 불문하고 작위를 우선시하는 게 바로 귀족들의 세계였다.

레이샤드가 제국과 완전히 단절이 됐다면 또 모르겠지만 황족으로 있는 이상은 벡터 백작이 몸을 낮출 수밖에 없었다.

4

아베론 영지는 총 세 개의 영지에 둘러싸여 있었다.

남동쪽으로는 메이샤 왕국의 로델 백작령과 맞닿아 있고 남서쪽으로는 보르딘 왕국의 벡터 백작령과 경계를 하고 있었다.

그리고 남쪽으로는 가우스 왕국의 포인트 백작령과 마주하고 있었다.

레이샤드의 생일 연회 준비를 맡은 모비드는 일차적으로 아베론 영지와 접한 이 세 백작령에 사람을 보냈다.

세 백작가의 참석 여부를 확인한 뒤에야 군소 귀족들에 대한 초대 여부를 결정지을 수 있기 때문이었다.

당연히 상가(商家)로 유명한 포인트 영지에도 모비드가 대신 작성한 초대장이 도착한 상태였다.

"이 초대장을 어찌 보느냐?"

포인트 백작이 두 아들을 불러다 놓고 물었다.

"아베론 영지의 어린 영주가 생일 연회를 거창하게 열고 싶었나 보죠."

실컷 낮잠을 자다 불려 나온 장남 베드로가 심드렁한 목소리로 말했다.

굳이 내색하진 않았지만 그는 별것 아닌 초대장 하나를 가지고 대단한 일인 것처럼 구는 포인트 백작을 이해하기 어려웠다.

반면 차남 베이스의 생각은 달랐다.

"아베론 영주의 열다섯 번째 생일이라고 하셨죠?"

"그렇다."

"그럼 주변에 영주의 존재를 확실히 각인시키기 위한 것인지도 모르겠습니다."

베이스가 자신의 생각을 말했다.

그러자 옆에 앉아 있던 베드로가 코웃음을 쳤다.

"영주의 존재를 확실히 각인시키다니? 그게 무슨 말 같잖은 소리야?"

베드로는 귀족에게 있어 열다섯 살이 어떤 의미를 갖는지 크게 생각하지 않았다.

그는 차남인 베이스보다 세 살이 많았다. 그리고 정부인인 백작 부인의 배를 빌어 태어났다.

장자에 정통성까지 갖추고 있다 보니 베드로는 3년 전 어렵지 않게 후계자로 낙점을 받았다.

당연히 열다섯이란 나이에 별다른 감흥이 있을 리 없었다.

반면 최근 들어 뒤늦게 두각을 드러낸 베이스의 입장은 달랐다.

고작 3년 먼저, 정부인에게서 태어났다는 걸 제외하고 베드로가 동생인 자신보다 나은 건 하나도 없었다.

학식은 물론이고 예절, 가문에 대한 애정, 무엇보다 가문의 근간이 되는 상도(商道)까지.

모든 면에서 자신이 베드로보다 뛰어나다고 자부하고 있었다.

하지만 포인트 백작가의 대공자(장차 가문을 이을 후계자에게 붙는 호칭. 가주 부재 시 가주의 역할을 대신함)는 자신이 아닌 베드로였다.

그리고 베이스는 머잖아 있을 열다섯 살 생일 때부터 자신의 미래에 대해 진지하게 고민해야 할 처지에 놓여 있었다.

포인트 백작은 그런 베이스의 재능을 아깝게 여겼다.

그래서 영지는 장남인 베드로에게, 상단은 차남인 베이스에게 맡길 생각도 가지고 있었다.

그러나 베이스는 그런 포인트 백작의 속내가 달갑지 않았다.

상단의 지분 대부분이 포인트 백작가에 귀속되어 있는 상황이었다.

갈바노 왕국에서 열 손가락 안에 드는 대상단의 주인이 된다 한들 지분이 없으니 차기 포인트 백작이 될 베드로의 손아귀에서 벗어나지 못할 게 뻔했다.

그럴 바에야 차라리 새로운 인생을 개척하고 싶은 게 베이스의 바람이었다.

그리고 공교롭게도 묘한 기회가 찾아 왔다.

"어떠하냐? 이번 연회 때 너희 둘 중 한 사람을 데리고 가고 싶다만."

포인트 백작이 두 아들을 바라보며 말했다.

그는 자식들을 늘 서로 경쟁시키고 시험하는 편이었다.

그래야만 왕국에서도 손꼽히는 상단과 포인트 백작령을 잘 이끌어 갈 수 있을 것이라 여겼다.

하지만 본래 경쟁이란 조건이 동등할 때에나 피를 튀기는 법이었다.

"저는 관심 없어요."

베드로가 거하게 하품을 하며 자리에서 일어났다. 자연스럽게 포인트 백작의 눈매가 단번에 굳어졌지만 정작 베드로는 별로 신경 쓰지 않는 듯한 얼굴이었다.

"그렇다면 제가 따라 가겠습니다."

아무렇지도 않게 경쟁을 포기한 베드로를 대신해 베이스가 자청하고 나섰다.

생각했던 것보다 다소 싱겁게 결론이긴 했지만 포인트 백작으로서도 선택의 여지가 없었다.

"그럼 아베론 영주에게 줄 선물은 네가 준비하도록 해라."

포인트 백작이 시험에 도전한 베이스에게 한 가지 숙제를 내주었다.

어린 영주의 선물을 준비할 것.

그것을 놓고 베이스의 그릇을 평가해 보겠다는 것이다.

물론 그렇다고 해서 베이스가 베드로를 대신해 포인트 백작가의 대공자가 될 가능성은 거의 없다시피 했다.

베드로의 생모인 백작 부인은 벌써 다수의 가신을 구워삶은 뒤였다.

지금이라도 포인트 백작에게 무슨 일이 생긴다면 가신들은 앞다투어 베드로를 영주로 세울 게 뻔했다.

반면 베이스의 생모는 그리 대단치 않은 변두리 귀족의 딸이었다.

그렇다 보니 베이스가 후계자 경쟁을 할 수 있도록 힘을 보태줄 수가 없었다.

어차피 이길 수 없는 싸움이었다. 이미 결과가 나온 경쟁이기도 했다.

그럼에도 베이스가 늘 최선을 다하는 건 자신의 가치를 높이기 위해서였다.

가치 있는 물건이 비싼 값에 팔리는 법이다. 그리고 가치 있는 물건이 소중히 다뤄지는 법이다.

"아베론. 아베론 영지라……."

마기로 뒤덮여 있다는 미지의 영주를 입에 올리며 베이스가 슬쩍 입가를 비틀었다.

5

열다섯 번째 생일날 아침은 여느 때와 크게 다르지 않았다.

"웃차."

새벽 동이 터 올 무렵 자리에서 일어난 레이샤드가 크게 기지개를 켰다.

전날 밤을 설쳐서인지 몸이 찌뿌둣했지만 기분만큼은 더없이 상쾌하기만 했다.

"오늘이 내 생일이란 말이지?"

아직 어둑한 창밖을 내다보며 레이샤드가 씩 웃음을 보였다.

오늘로써 그는 열다섯 살이 되었다.

황족이나 왕족에게 열다섯 살의 생일은 아주 특별하다고
한다.

하지만 황실에 머무는 게 아니라서일까.

아직까지는 크게 실감이 나지 않았다. 그저 지금껏 단 한
번도 겪어본 적이 없는 축하 연회가 준비되었다는 사실에 가
슴이 설렐 뿐이었다.

조금 더 날이 밝기를 기다린 뒤 레이샤드가 보란 듯이 기침
을 했다. 그러자 방 밖에 있던 전담 하녀 실비아가 문을 열고
들어왔다.

"영주님, 일어나셨어요?"

늘 받는 아침인사였지만 오늘은 평소와 조금 다르게 느껴
졌다.

"영주님?"

레이샤드가 어색한 눈으로 실비아를 바라봤다.

그가 아베론 영지의 영주인 것은 사실이었지만 하녀들은
대개 레이라는 애칭을 부르곤 했다.

일반적으로 영주란 표현을 쓸 때는 죽은 하르베스 폐황태
자를 언급할 때가 대부분이었다.

그런데 갑작스럽게 영주님이라니.

갑자기 실비아와의 사이에 보이지 않는 벽이라도 생긴 기

분이었다.

그러나 실비아는 당연하다는 반응이었다.

"오늘부터 열다섯 살이 되셨잖아요. 이제 어른이 되셨으니 앞으로는 영주님이라고 불러드릴게요."

실비아가 흐트러진 레이샤드의 이부자리를 정리하며 말했다.

"그런가."

레이샤드는 마지못해 고개를 끄덕거렸다.

여전히 레이라는 호칭이 좋았지만 그렇다고 어른이 됐는데 계속 어린아이처럼 굴 수는 없는 노릇이었다.

"영주님, 따로 시키실 일이 있으세요?"

침대 정리를 끝마친 실비아가 레이샤드의 옆에 서며 말했다.

바로 어제까지만 해도 알아서 갈아입을 옷을 챙겨주고 씻을 물을 받아줬는데 마치 지시를 기다리듯 자신만 빤히 바라보았다.

"실비아, 내가 적응이 안 되어서 그러는데 그냥 평소처럼 해주면 안 돼?"

레이샤드가 실비아를 바라보며 사정했다.

열다섯 살 생일이 지났다곤 해도 하루아침에 어른처럼 구는 건 쉽지 않은 일이었다.

하지만 실비아의 입장은 단호했다.

지금까지 영주의 역할을 대신하는 어린 레이샤드를 곁에서 보살폈다면 오늘부터는 진짜 영지를 다스리는 영주를 성심껏 보필해야 하기 때문이었다.

"영주님. 어려우시더라도 제게 지시를 내려주세요. 지금부터 습관을 들이셔야 나중에 편해지실 거예요. 그리고 혼자 하실 수 있는 일은 굳이 제가 챙겨 드리지 않을 테니 혼자 하셔도 상관없으세요."

실비아가 가볍게 고개를 숙이며 말했다.

오늘은 레이샤드에게만 의미 있는 날이 아니었다. 영주의 전담 하녀로서 실비아의 자질을 확인하는 날이기도 했다.

"하아, 일단 갈아입을 옷을 좀 가져다 줘. 그리고 씻을 물도 받아주고."

레이샤드가 마지못해 지시를 내렸다. 그러자 실비아가 활짝 웃더니 방 안을 분주하게 오갔다.

"준비 마쳤습니다. 영주님."

실비아가 침대 위에 갈아입을 옷을 내려놓으며 말했다.

어른이 되었기 때문일까?

지금껏 단 한 번도 입어본 적이 없는 붉은색이 감도는 의상이 눈에 들어왔다.

"이걸…… 나더러 입으라고?"

레이샤드의 얼굴에 부담감이 번졌다.

아직 젖살도 빠지지 않은 자신이 어른들이 즐겨 입는 붉은색 의상을 소화해 낼 수 있을지 의문이었다.

그러나 처음부터 붉은색 의상이 어울리는 사람은 아무도 없었다.

"잘 어울리실 거예요."

실비아가 기대 어린 눈으로 말했다.

그녀의 모습이 꼭 성년의 날을 맞는 동생을 축하하는 누나처럼 느껴졌다.

"하아, 옷 입는 걸 도와줘."

레이샤드가 붉은색 의상을 들어 올리며 말했다.

낯선 색감만큼이나 복잡한 장신구들이 머리를 어지럽게 만들었다.

"알겠습니다."

실비아가 기다렸다는 듯이 의상을 받아 들고 레이샤드를 거들었다.

그렇게 레이샤드는 반 강제적으로 성년의 첫발을 뗐다.

6

방을 나선 레이샤드는 아침 인사를 위해 헬레나의 방을 찾왔다.

"어머니."

레이샤드가 문을 열고 헬레나의 방 안으로 들어갔다. 그러자 침대에 누워 있던 헬레나가 힘겹게 몸을 일으켜 레이샤드를 반겼다.

"간밤에는 편히 주무셨어요?"

"그래, 푹 잤단다. 너는 잘 잤니?"

"네, 저도 푹 잤어요."

생일 연회 때문에 잠을 설쳤지만 레이샤드는 굳이 내색하지 않았다.

별것 아닌 일조차 어머니인 헬레나를 걱정시킬 수 있었다. 그래서 늘 밝고 건강한 모습을 보여주려 노력했다.

"그런데 못 보던 옷이로구나."

가볍게 고개를 끄덕이던 헬레나의 시선이 자연스럽게 레이샤드가 갖춰 입은 붉은색 의상으로 향했다.

"아, 이거요? 실비아가 준비해 줬어요."

레이샤드가 멋쩍게 웃었다.

평소 즐겨 입던 의상과는 달리 색감도 강하고 문양도 화려해 여전히 남의 옷을 입은 것처럼 낯설게만 느껴졌다.

하지만 붉은색이 감도는 의상은 레이샤드를 제법 어른스럽게 만들어 주었다.

"레이샤드, 정말 잘 어울리는구나."

레이샤드를 천천히 살피던 헬레나가 기쁜 얼굴로 웃었다.

언제까지나 품 안의 자식일 것 같았던 레이샤드의 어른스러워진 모습을 보니 헬레나는 자신도 모르게 뿌듯한 마음마저 일었다.

"우아, 오빠. 멋진데?"

뒤늦게 방에 들어온 레이첼도 한마디 거들었다.

아직 어린 그녀의 눈에도 붉은색의 화려한 의상이 무척이나 마음에 들었다.

"그래?"

레이샤드가 자신을 내려다보며 중얼거렸다.

잘 어울린다는 말을 들으니 어색함이 한결 가시는 기분이었다.

7

레이샤드와 레이첼은 헬레나의 방에서 함께 식사를 했다.

본래라면 영주 전용 식당을 이용했겠지만 헬레나가 몸이 불편한 탓에 그럴 수가 없었다.

오랜만에 가족끼리 모여 단란한 식사를 마친 뒤 헬레나와 레이첼이 미리 준비했던 선물을 내놓았다.

"생일을 진심으로 축하한단다."

헬레나가 준비한 건 근사한 연회복이었다.

혹시 있을지 모를 연회에 대비해 레오니스 제국을 오가는 상인에게 주문해 놓았던 게 늦지 않게 아베론 영지에 도착했다.

"우아! 정말 멋진데요?"

연회복을 몸에 가져다대던 레이샤드가 무척이나 좋아했다.

전체적으로 새하얀 옷감에 황금빛 수실로 새겨진 문양들이 정말로 마음에 들었다.

"이건 내 선물이야."

헬레나에 이어 레이첼이 손에 쥔 작은 보석함을 내밀었다.

그 안에는 엄지손가락만 한 크기의 펜던트가 들어 있었다.

"이 펜던트가 어둠으로부터 오빠를 지켜줄 거야."

레이첼이 설명을 덧붙였다.

어떤 비밀을 가진 목걸이인지는 모르겠지만 아마도 항마력(마나의 공격을 막아내는 힘)과 비슷한 효능이 있는 모양이었다.

"정말 고마워."

레이샤드가 환하게 웃으며 레이첼의 머리를 쓰다듬었다. 그러자 레이첼의 얼굴이 빨개지더니 이내 후다닥 헬레나의 품속으로 뛰어 들어가 버렸다.

"이런, 우리 아가씨가 뭐가 그리 부끄러울까?"

헬레나가 레이첼을 꼭 끌어안으며 장난스럽게 물었다.

"몰라요."

레이첼이 헬레나의 가슴에 얼굴을 묻은 채 작게 옹알거렸다. 아무래도 8살 터울의 오빠가 동경의 대상만은 아닌 모양이었다.

"참, 레이샤드. 저쪽에 있는 상자도 네 선물이란다."

헬레나가 구석에 놓인 큼지막한 나무 상자를 가리키며 말했다.

"이건 뭐예요?"

레이샤드가 기대 어린 눈으로 물었다. 그러자 헬레나가 다소 경건해진 얼굴로 상자의 비밀을 일러주었다.

"돌아가신 전하께서 열다섯 번째 생일에 전해 달라고 하신 거란다."

"아버지…… 가요?"

레이샤드의 눈이 똥그랗게 변했다.

그렇지 않아도 죽은 하르베스 폐황태자의 유품을 거의 발견할 수 없어서 아쉬워하던 차였는데 하르베스 폐황태자가 따로 남긴 물건이라니.

그 자체만으로도 레이샤드에게는 더할 수 없는 큰 선물이나 마찬가지였다.

"지금 열어봐도 되요?"

레이샤드가 조바심을 냈다. 마음 같아선 당장에라도 열어 보고 싶은 심정이었다.

그러자 헬레나가 고개를 흔들었다.

"오후에 연회가 있잖니. 전하께서 남기신 선물은 연회가 끝나고 열어보도록 해라."

이제 조금 있으면 초대를 받은 주변 영지의 귀족들이 찾아 들 것이다.

아베론 영지의 주인이자 연회의 주인공으로서 지금은 다른 것에 정신이 팔려 있을 때가 아니었다.

"알겠어요."

레이샤드가 애써 아쉬움을 되삼켰다.

하지만 하르베스 폐황태자가 남긴 상자 쪽으로 자꾸 시선이 가는 것만큼은 어쩔 도리가 없었다.

8

모비드가 초대장을 보낸 영지는 총 여덟 곳이었다.

그중 영주의 건강 상태가 좋지 않은 한 곳을 제외한 일곱 영지에서 연회에 참석하겠다는 통보를 보내왔다.

덜커덩. 덜커덩.

연회에 맞춰 초대를 받은 영주들이 속속 아베론 영주성에 도착했다.

본래라면 여유를 가지고 하루 이틀 일찍 도착하는 게 관례였지만 아베론 영지의 사정을 빤히 알다 보니 다들 폐를 끼치지 않으려 했다.

그들을 총관 아돌프가 가장 먼저 맞이했다.

"아베론 영지에 오신 것을 환영합니다."

제국 황실의 궁내관 출신답게 아돌프는 접객 능력이 탁월했다.

특유의 언변과 정중한 태도로 먼 여정에 고생한 영주들을 편안하게 만들어 주었다.

아돌프가 영주들을 전담했다면 그들의 식솔들을 챙기는 건 브루스의 몫이었다.

"먼 길 오시느라 고생 많으셨지요? 쉴 곳을 안내해 드리겠습니다. 저를 따라오십시오."

본래라면 집사가 담당해야 할 임무였지만 애석하게도 아베론 영지에는 집사가 따로 없었다.

그렇다 보니 인상 좋은 브루스가 그 일을 대신하게 됐다.

"가져오신 선물은 이쪽으로 주십시오."

재정 담당 조르만은 영주들이 가져온 선물들을 받아 내용물을 확인하고 따로 기입하는 일을 맡았다.

아베론 영지 덕분에 마기의 피해를 입지 않은 영지의 영주들이다 보니 하나같이 과한 선물들을 가지고 왔다.

"허이쿠. 많이도 가져왔군그래."

딱히 할 일이 없는 에이작은 괜히 선물 주변을 오갔다.

그러면서 마음에 드는 선물이 있으면 마치 제 것이라도 되는 것처럼 자꾸 만지작거렸다.

그럴 때마다 조르만이 도끼눈을 뜨고 에이작을 노려봤다.

아직 레이샤드가 선물을 살펴보지도 않았는데 관리가 와서 먼저 집적댄다는 건 영주를 무시하는 처사나 마찬가지였다.

"알았네. 알았어. 나도 연회를 열든가 해야지 원."

조르만의 눈총이 거세지자 에이작이 꼬리를 내리고는 밖으로 빠져나갔다. 그리고는 지나가는 하녀를 붙잡고 물었다.

"다른 영주님들은 어디 계시느냐?"

에이작은 이번 연회를 이용해 내심 주변 영주들과 친분을 쌓을 생각이었다.

아베론 영지 주변의 영주들이 자신의 재능을 높이 평가한다면 살기 좋은 영주로 자리를 옮기게 될지도 모를 일이었다.

그러나 이 같은 에이작의 꿍꿍이를 일찌감치 파악한 아돌프는 하녀장을 통해 하녀들에게 영주들이 모여 있는 곳을 발

설치 말라며 신신당부를 한 상태였다.

"저, 저는 모릅니다."

당황한 하녀가 말을 더듬고는 사라졌다. 다음에 붙잡은 하녀 또한 마찬가지였다.

"그, 글쎄요. 저는 주방에만 있어서요."

에이작의 시선을 피해 이리저리 눈을 돌리더니 뻔한 핑계를 대고는 황급히 몸을 빼냈다.

"나 참. 대체 영주들을 어디에 숨겨놓은 거야?"

에이작이 사라진 영주들을 찾아 발을 굴렀다.

하지만 애석하게도 연회가 시작되기 전까지 그는 영주들이 모여 있는 곳을 발견하지 못했다.

9

아베론 영지는 실질적으로 영지 운영에 필요한 자금에 비해 주변 영지들로부터 늘 과분한 지원을 받아 왔다.

메이샤 왕국과 보르딘 왕국, 가우스 왕국이 매년 보내는 지원금은 그 자체만으로 한 해 간 아베론 영지를 넉넉하게 운영할 수 있을 정도였다.

솔직히 어느 한곳에서만 지원금을 받더라도 영지를 운영하는 데 아무런 문제가 없었다.

그럼에도 세 나라에서 경쟁적으로 지원금을 보내온 것은 아베론 영지의 영주인 레이샤드가 아직 레오니스 제국의 황족이기 때문이다.

세 나라가 보내준 지원금 속에는 황족인 하르베스 폐황태자 일가의 품위 유지를 위한 비용이 상당수 포함되어 있었다.

하지만 하르베스 폐황태자는 물론이고 헬레나도 사치를 즐기는 편이 아니었다.

그래서 영지 운영에 남는 모든 재화를 훗날을 위해 아껴놓았다.

그렇게 차곡차곡 쌓이기만 했던 재화가 이번 연회를 통해 처음으로 거하게 쓰였다.

아베론 영지의 규모에 비해서는 지나치다는 말들이 나오겠지만 그렇다고 주변 영주들을 불러놓고 레이샤드의 열다섯 번째 생일 연회를 초라하게 열 수는 없는 노릇이었다.

덕분에 연회장을 찾은 영주들의 반응은 호평 일색이었다.

푸짐하게 준비된 요리들은 물론이고 한쪽 자리를 차지하고 있는 악단과 곡예사들까지 부유한 영지의 영주가 베푸는 연회와 비교해도 손색이 없을 정도였다.

"허허, 걱정했던 것보다 준비가 잘된 것 같습니다."

"그러게나 말입니다. 솔직히 저는 아무것도 먹지 못하고 영지로 돌아가게 되는 건 아닐까 걱정이 많았습니다."

"저도 그렇습니다. 그래서 몰래 음식을 싸오기까지 했는데 이거 제가 생각이 짧았던 모양입니다."

"하하. 아마 다들 비슷한 생각이었을 테니 너무 자책하지는 마십시오."

아베론 영지에 들어선 이후로 딱딱하게 굳어 있던 영주들의 표정이 금세 풀어졌다.

그 모습이 마치 제국 황실에서 주최한 연회에라도 참석한 것 같았다.

게다가 이번 연회의 주인공인 레이샤드의 모습도 더없이 인상적이었다.

헬레나가 선물한, 제국에 이름 난 장인이 한 땀 한 땀 수를 놓은 연회복을 차려 입은 레이샤드의 모습은 동화 속에서나 나올 법한 귀공자를 연상케 했다.

"영주님, 열다섯 번째 생일을 진심으로 축하합니다."

"이렇게 초대해 주셔서 가문의 영광입니다."

연회에 초대를 받은 하위 귀족(자작과 남작)들이 먼저 다가와 레이샤드에게 축하의 말을 건넸다.

다들 레이샤드와는 일면식도 없는 사이였지만 마치 지인을 만난 듯 살갑게 굴었다.

"아닙니다. 먼 길 와 주셔서 제가 더 감사합니다."

레이샤드가 웃으며 하위 귀족들을 맞이했다. 그들과 함께 온 가족들과도 빠짐없이 인사를 나누었다.

그렇게 하위 귀족들과의 일면식을 끝낸 레이샤드가 세 백작 쪽으로 다가갔다.

공교롭게도 세 백작은 같은 테이블에 모여 담소를 나누고 있었다.

"어서 오십시오, 영주님. 그렇지 않아도 기다리고 있었습니다."

세 백작 중 로델 백작이 먼저 레이샤드를 반겼다.

"오랜만에 뵙습니다, 로델 백작님."

레이샤드가 로델 백작을 향해 웃어 보였다.

다른 백작들은 초면인 반면 로델 백작과는 하르베스 폐황태자의 장례식 때 얼굴을 본 기억이 있었다.

"처음 뵙습니다, 영주님. 에몬 폰 포인트라고 합니다."

"포인트 백작님이시군요. 반갑습니다."

"반겨 주시니 감사합니다. 그리고 지난 하르베스 전하의 장례식 때 참석하지 못한 점 진심으로 사과드립니다."

로델 백작에 이어 포인트 백작이 레이샤드에게 고개를 숙였다.

비록 나이는 어리지만 레이샤드는 황족이었다. 자신이 먼저 인사를 건네는 게 관례였다.

그러자 레이샤드가 당치 않다며 고개를 흔들었다.

"그 일이라면 신경 쓰지 않으셔도 됩니다. 그리고 따로 보내주신 위로의 선물은 잘 받았습니다."

하르베스 폐황태자의 장례식 때 불참한 건 포인트 백작만이 아니었다.

벡터 백작을 비롯해 연회에 초대받은 다수의 귀족이 장례식에 참석하지 못했다.

레이샤드의 생일에도 군말없이 달려온 귀족들이 그보다 훨씬 더 중요한 하르베스 폐황태자의 장례식에 오지 못한 이유는 그 시기 때문이었다.

하르베스 폐황태자가 갑작스럽게 숨을 거둔 게 하필이면 각국의 신년 회의가 있던 무렵이었다.

하르베스 폐황태자와의 친분이 남달랐던 로델 백작은 신년 회의에 참석하기 위해 영지를 나서던 길에 부고를 듣고는 말머리를 돌렸다.

그러나 다른 백작들은 한발 앞서 영지를 나선 탓에 하르베스 폐황태자가 죽었다는 사실을 늦게 전달받았다. 그래서 뒤늦게 위로의 뜻을 전할 수밖에 없었다.

포인트 백작은 혹여 레이샤드가 그때의 일을 서운하게 생각하지는 않을까 걱정했다.

그러나 레이샤드는 포인트 백작이 생각하는 것처럼 옹졸한 성격이 아니었다.

"반갑습니다, 영주님. 조난 폰 벡터입니다."

로델 백작과 포인트 백작에 이어 벡터 백작이 마지못해 레이샤드의 앞으로 나섰다.

마음 같아서는 지금이라도 돌아가고 싶은 심정이 가득했지만 그렇다고 적잖은 귀족이 보는 앞에서 제국의 황족을 모욕할 수는 없는 노릇이었다.

"처음 뵙겠습니다, 벡터 백작님. 먼 길 와 주셔서 정말로 감사드립니다."

그런 벡터 백작의 속내를 짐작하지 못한 채 레이샤드가 진심을 담아 감사 인사를 전했다.

"흠, 흠. 그야 뭐 영주님께서 초대해 주셨는데 당연히 와야지요."

예상치 못한 환대에 벡터 백작이 헛기침을 냈다.

당황한 그의 속내가 빤히 보였던지 로델 백작과 포인트 백작이 짓궂게 입가를 비틀었다.

10

레이샤드는 이 자리를 빌어 세 백작과 아베론 영지 발전을 위해 도움이 될 만한 이야기들을 나누고 싶었다.

비록 나이는 어리지만 아베론 영지의 영주로서 세 백작과 동등한 위치에 설 수 있을 것이라고 자만했다.

그러나 애석하게도 세 백작은 레이샤드를 동등한 관계로 인정해 주지 않았다.

레이샤드의 혈통에 대해서는 존경심을 보였지만 그뿐이었다.

솔직히 일개 변방의 남작령보다도 못한 영지를 가지고 있는 레이샤드와 대영지를 가진 세 백작의 입장은 달라도 너무 달랐다.

결국 레이샤드는 시종일관 어린애 취급만 받다가 세 백작이 머무는 테이블을 떠나야 했다.

그리고 아이러니하게도 세 백작은 레이샤드가 자리를 비켜 주기가 무섭게 영지 운영에 관한 이야기들을 나누기 시작했다.

"너무 서운해하지 마십시오, 영주님."

그런 레이샤드의 모습을 먼발치에서 지켜보던 아돌프가 다가와 위로의 말을 건넸다.

하르베스 폐황태자의 유지를 받들어 영주로서 당당한 모습을 보이고 싶은 레이샤드의 입장을 모르는 바는 아니지만 솔직히 아직은 세 백작과 어깨를 나란히 하기에는 무리가 따랐다.

세 백작은 하르베스 폐황태자와 비슷한 연배였다. 그리고 레이샤드는 그들보다 한참 어렸다.

귀족 사회에서 작위 못지않게 중요한 게 바로 연배와 경험이었다.

그런 점에서 봤을 때 레이샤드가 세 백작의 틈바구니 속을 비집고 들어가려 했던 것 자체가 욕심이나 마찬가지였다.

"영주님, 저쪽에 로델 백작님의 영애 분과 포인트 백작가의 공자님께서 계십니다. 함께 이야기를 나눠 보시는 게 어떻겠습니까?"

아돌프가 풀이 죽은 레이샤드를 살살 구슬렸다.

세 백작과 친분을 쌓는 것 못지않게 중요한 게 바로 그들의 자제들과 어울리는 일이었다.

특히나 연회가 시작되었을 때부터 이쪽만을 바라보고 있는 로델 백작의 영애에게는 레이샤드를 꼭 소개해 주고 싶었다.

로델 백작이 이런 궁색한 영지에 친딸을 데려왔다는 것 자체가 혼사에 관심이 있다는 의미이기 때문이었다.

"알았어요."

레이샤드도 묵묵히 고개를 끄덕였다.

확실히 아직은 세 백작과 영지 경영을 논하기에는 어린 게 사실이었다.

몇 차례 숨을 고르며 자신감을 되찾은 뒤 레이샤드는 구석진 테이블에 서 있는 한 쌍의 남녀를 향해 걸음을 움직였다.

그러자 남녀의 표정이 달라졌다.

"이제야 오시는군요."

와인 잔을 만지작거리던 공자 베이스는 레이샤드가 오기만을 손꼽아 기다린 듯 눈을 반짝였다.

레이샤드에게 좋은 인상을 남기려는 듯 가볍게 미소 짓는 것도 잊지 않았다.

반면 과일을 오물거리던 영애, 레이첼은 얼굴이 빨개진 채 어쩔 줄을 몰라 했다.

"어머, 어쩜 좋아. 내 모습 괜찮아?"

레이첼이 뒤따라 온 하녀를 바라보며 물었다.

하녀가 몇 번이고 예쁘다, 아름답다라는 말을 해줬지만 쿵쾅거리는 레이첼의 가슴은 좀처럼 진정되지가 않았다.

그사이 레이샤드가 그들의 테이블에 도착했다.

"오래 기다리게 해 드려 미안합니다. 레이샤드라고 합니다."

레이샤드가 먼저 사과의 말을 전했다.

본래라면 진즉에 한 번쯤 발걸음을 했어야 했지만 세 백작과 어울리려는 욕심 때문에 본의 아니게 결례를 하고 말았다.

그러자 베이스가 대수롭지 않다며 고개를 흔들었다.

"영지와 가문에 도움이 될 만한 이들을 먼저 챙기는 건 영주에게는 당연한 일이겠지요."

포인트 백작가는 가우스 왕국에서도 이름 높은 상가(商家)였다.

그렇다 보니 그 어떤 일보다 영지나 가문에 이득이 되는 일들을 중요하게 여기고 있었다.

베이스는 그런 포인트 백작가의 가르침을 철저하게 익히고 있었다.

그에게 있어서 세 백작의 주변을 맴돌았던 레이샤드의 행동은 조금도 이상할 게 없었다. 오히려 영주로서 당연히 해야할 시도이고 노력이었다.

하지만 곱게만 자라온 레베카는 한참 만에 나타난 레이샤드가 야속한 모양이었다.

"영주님이시라 바쁘신가 봐요."

레베카가 자신도 모르게 가시가 있는 말을 던졌다. 그리고는 움찔 놀라더니 당혹스러운 표정을 지었다.

백작가의 영애답게 제법 도도하게 굴고 싶었는데 천성이 착하다 보니 끝까지 독해지지 못한 것이다.

"죄송합니다. 제가 연회는 처음이라서요."

레이샤드는 순순히 잘못을 시인했다.

연회를 열었다면 연회에 참석한 모든 이가 손님인 것이다.

불청객이 끼어 있다면 또 모르겠지만 손님들 중 누구는 우대하고 누구는 괄시한다면 연회를 베풀 자격이 없었다.

그런 레이샤드의 진심이 전해진 것일까.

"그렇게까지 말씀하신다니 이번만큼은 이해하겠어요."

레베카가 다시 턱을 추켜들며 말했다.

그러나 속으로는 콩닥거리는 가슴을 억누르느라 진땀을 빼야 했다.

적당히 분위기기 무르익자 베이스가 테라스로 자리를 옮기자는 제안을 했다.

연회장 안에만 머물기에는 답답하다는 이유에서였다.

하지만 실질적인 이유는 유심한 눈으로 이쪽을 살피고 있는 포인트 백작으로부터 벗어나려는 속셈이었다.

이번에 포인트 백작이 베이스를 아베론 영지에 데려온 이유는 마법과 관련한 부산물들의 독점권을 얻기 위해서였다.

대외적으로 알려진 아베론 영지의 주된 생산물은 구리광이다.

그러나 그 외에 마기와 접촉하면서 변형된 마법 재료들도 상당히 돈이 되는 생산물이었다.

대륙의 이름 난 마탑에서는 마기를 머금은 마법 재료들을 통해 흑마법을 연구해 왔다.

300년 전의 대재앙을 잊지 않겠다는 게 표면적인 이유였지만 그 속에는 흑마법을 통해 전통 마법을 발전시키겠다는 욕심이 숨어 있었다.

마탑들이 그런 식으로 마법 재료를 찾다 보니 대륙에서 마법 재료를 구하기란 생각만큼 쉽지 않았다.

마기를 머금었다 싶으면 마법 재료들은 하나같이 비싼 값에 팔려 나갔다.

그렇다 보니 대륙에 흩어져 있는 암흑 마법사들조차 자신들의 마법 실험 재료를 지키기 위해 눈에 불을 켜야만 하는 처지가 되었다.

물론 마기란 대륙 어디든 존재하는 것이었다.

그래서 산간벽지나 암흑 마법사들이 머물다 간 자리를 살피다 보면 어렵지 않게 마기에 물든 마법 재료들을 발견할 수 있었다.

그러나 고농도의 마기를 머금은 마법 재료는 대륙에서 오직 한 곳에서만 얻을 수 있었다.

바로 아베론 영지.

그리고 그 가치란 아베론의 영지민들이 생계를 위해 조금씩 내다 팔며 벌어들이는 대가에 비해 훨씬 컸다.

포인트 백작은 포인트 백작가의 둘째 아들이자 장차 포인트 상단을 물려받을 적임자로서 베이스가 레이샤드와 돈독한 관계를 유지하길 바랐다.

설사 암흑 마법 재료의 독점 거래가 불가능하더라도 황족과 친분을 쌓아 나쁠 게 없다는 생각이었다.

하지만 베이스는 포인트 백작의 뜻대로 상단이나 물려받으며 가문에 평생토록 봉사할 마음이 별로 없었다.

그보다는 자신의 능력을 발휘해 포인트 상단을 능가하는 큰 상단을 만들거나 혹은 섬길 만한 이를 찾아 봉사하고 싶었다.

베이스는 레이샤드를 주인으로 섬길 만한 후보들 중 하나로 판단했다.

보잘것없는 영지의 주인이라는 건 감점 요인이었지만 나이가 어리고 황족이라는 점이 높게 평가되었다.

그래서 레이샤드의 진면목을 조금 더 자세히 알아보고자 일부러 밖으로 나가자고 권한 것이다.

베이스의 속셈은 그것만이 아니다.

레이샤드와 진지한 대화를 하기 위해서는 일단 방해꾼인 레베카를 떼어놓을 필요가 있었다.

연회장을 벗어나 테라스로 나가면 외부 공기와 접촉하게 된다.

외부 공기 속에는 어느 정도 정화가 되었다고 해도 마기가 스며들어 있을 가능성이 높았다.

만일 그 사실을 넌지시 알린다면 레베카도 몸을 사리게 될 것이라고 여겼다.

대개 학식이 부족한 귀족가의 영애들은 마기라면 질색을 하곤 한다.

베이스는 곱게 자란 것처럼 보이는 레베카도 그 범주에서 벗어나지 못할 것이라고 판단했다.

그러나 레베카는 의외로 강단이 있었다.

"테라스요? 그럼 나도 나갈 거예요."

"레베카님도…… 말입니까?"

"그래요. 나도 연회장이 답답하던 차였어요."

레베카는 만류하는 베이스를 뿌리치고 테라스로 따라나서 겠다고 고집을 부렸다.

레이샤드와 생산적인 시간을 보내라는 로델 백작의 주문 때문만은 아니었다.

불청객이나 마찬가지인 베이스가 레이샤드를 낚아채는 걸 두고 볼 수 없었기 때문이다.

물론 아베론 영지 전역을 두르고 있다는 마기에 대해서는 거부감이 드는 게 사실이었다.

하지만 아베론 영지에 오기 전에 조사한 바에 따르면 미량의 마기는 인체에 큰 해를 끼치지 않는다고 했다.

'괜찮을 거야. 별일 없겠지.'

레베카가 크게 숨을 들이켜며 마음을 다독였다.

그런 레베카를 바라보며 베이스가 못마땅한 듯 이맛살을

찌푸렸다.

11

후아아앗.

굳게 닫혀 있던 문을 열고 나서자 제법 탁한 마기가 온몸을 끈적끈적하게 감싸왔다.

"윽!"

레베카가 대번에 표정을 굳히며 걸음을 멈췄다.

단순히 마음을 다잡는 것만으로는 마기의 오싹함을 이겨 내기 어려웠다.

그러자 레이샤드가 걱정스런 얼굴로 물었다.

"레베카님, 정말 괜찮으시겠습니까?"

아베론 영지의 탁한 공기는 외부인들이 쉽게 적응하기가 어려웠다.

영주성 안은 곳곳에 설치된 마나석을 통해 마기가 어느 정도 정화되고 있지만 밖은 달랐다.

특히나 단 한 번도 마기를 접해 보지 않은 사람이라면 거부 반응이 클 수밖에 없었다.

"레베카님, 너무 무리하지 마십시오. 힘드시다면 안에 들 어가 계시는 게 좋을 것 같습니다."

베이스가 레베카를 위하듯 말했다. 하지만 레베카의 귀에는 그 말이 꼭 비아냥거리는 것처럼 들렸다.

"아, 아니에요. 저는 괜찮아요."

발끈한 레베카가 주먹을 불끈 쥐고 테라스를 향해 발을 내딛었다.

베이스가 보는 앞에서 이대로 도망치듯 물러서고 싶지는 않았다.

하지만 걸음을 내딛을 때마다 레베카의 표정은 점점 창백해져 갔다.

마기가 섞인 공기가 탁해서인지 그녀는 제대로 숨을 쉬지 못했다.

자연스럽게 심리적인 불안감이 그녀의 온몸을 강하게 짓눌렀다.

"안 되겠어요. 안으로 들어가 쉬세요."

보다 못한 레이샤드가 재차 권했다.

이대로 레베카가 쓰러지기라도 한다면 로델 백작을 뵐 면목이 없었다.

하지만 레베카는 막무가내였다. 숨을 꾹 참은 채 한 발자국도 움직이지 않았다.

"레베카님! 그러다 쓰러지십니다!"

베이스가 답답하다는 얼굴로 레이샤드를 거들었지만 마찬

가지였다. 아니, 애당초 레베카는 베이스의 말을 들을 생각이 없었다.

레이샤드와는 이제 겨우 말 몇 마디 나눴을 뿐이다. 이대로 물러나는 건 그녀의 자존심이 허락지 않았다.

"잠시만 가만히 계십시오."

레베카의 고집을 꺾지 못하겠다고 생각했던지 레이샤드가 목에 걸고 있던 목걸이를 풀었다. 그리고 그것을 힘겨워하는 레베카의 목에 걸어주었다.

"마기를 정화시켜 주는 목걸이입니다. 이제 숨을 편히 쉬셔도 됩니다."

흠칫 놀란 표정을 짓는 레베카에게 레이샤드가 목걸이의 효능을 알려주었다.

하르베스 폐황태자 일가를 위해 황실 마탑에서 만든 최고급 아티팩트였지만 지금은 그것을 따질 때가 아니었다.

"후우……."

레베카는 그제야 숨을 들이켰다.

확실히 목걸이를 착용하기 전에 비해 마기의 끈적거림이 사라진 것 같은 기분이 들었다.

"이런 게 있었으면 진즉 주지 그러셨어요."

한참 만에 안색을 회복한 레베카가 서운하다는 듯 레이샤드를 노려봤다.

하지만 레이샤드도 쉽게 목걸이를 풀 수가 없었다.

만일 그 모습이 아돌프나 다른 관리들의 눈에 띠기라도 한다면 당장 영지가 발칵 뒤집힐 게 뻔했다.

하지만 레이샤드는 굳이 그 사실을 알려서 레베카를 부담스럽게 만들고 싶지는 않았다.

"죄송합니다. 제가 경황이 없었습니다."

레이샤드가 다시 한 번 레베카에게 사과를 했다.

"칫. 이번에도 이해해 드리겠어요."

레베카가 어쩔 수 없다는 듯 코끝을 찡그렸다.

그러자 잠자코 있던 베이스가 불쑥 끼어들었다.

"레베카님, 괜찮으시다면 잠시 레이샤드님과 이야기를 나눌 수 있겠습니까?"

본래 계획은 레베카를 떼어놓고 레이샤드를 독점하는 것이었다.

하지만 레베카가 고집을 피우고 따라온 이상 어쩔 수 없이 양해를 구해야 했다.

"전 다시 연회장으로 돌아가고 싶지 않아요."

베이스의 말을 오해한 레베카가 정색하며 말했다.

그러나 베이스도 드센 레베카를 다시 연회장으로 돌려보낼 생각은 없었다.

"그런 뜻으로 드린 말씀이 아닙니다. 단지 제가 레이샤드님과 사적인 대화를 할 수 있도록 조금 자리를 비켜 달라 부탁드리는 것입니다."

베이스가 다시 한 번 정중하게 청했다.

그제야 자신이 오해했음을 깨달은 레베카가 얼굴을 붉히며 구석 쪽으로 걸음을 옮겼다.

"이제야 편히 이야기를 할 수 있게 됐습니다."

레베카를 힐끔거리며 베이스가 안도의 웃음을 보였다.

그러나 레이샤드는 차마 따라 웃을 수가 없었다. 자신과 따로 이야기를 하고 싶다는 베이스의 의도가 무엇인지 좀처럼 파악이 되질 않은 탓이다.

"이런, 제가 너무 부담스럽게 해 드렸나 봅니다."

살짝 굳어진 레이샤드의 표정을 읽은 베이스가 냉큼 한 발 물러났다.

아직 경험이 많지 않은 탓에 레이샤드를 너무 몰아붙이기만 한 것 같았다.

"아닙니다. 괜찮습니다. 그런데 제게 따로 하실 말씀이 무엇입니까?"

애써 침착해진 레이샤드가 베이스를 바라보며 물었다.

연회장이 답답하다는 말에 테라스로 자리를 옮겼고 동석하던 레베카도 저만치 떨어져 있었다. 이제는 그의 입에서 본론을 들을 차례였다.

그러자 레베카 쪽을 힐끔거린 베이스가 천천히 입을 열었다.

"레이샤드님. 혹시 제국 황실로 돌아가실 생각이 있으십니까?"

"제국…… 황실에요?"

"아, 갑작스런 질문인 거 잘 알고 있습니다. 다만 레이샤드님께서 제국 황실로 돌아가실 생각이 있으신지 알고 싶어서 실례를 무릅썼습니다."

베이스가 현재 레이샤드에게 기대하는 건 한 가지였다.

바로 레이샤드가 레오니스 제국 황실로 복귀하는 것이었다.

듣기로 하르베스 폐황태자의 아들인 레이샤드의 황위 계승 서열은 상당히 높다고 했다.

지금은 하르베스 폐황태자가 연루된 사건으로 인해 서열 외로 취급받고 있지만 만에 하나 레이샤드가 황실에 돌아갈 경우 황위 계승전에 참가해도 문제 될 게 없다고 했다.

만에 하나 레이샤드가 레오니스 제국 황실로 돌아갈 의사가 있다면, 그리고 그에 대한 준비를 진행시키고 있는 것이라면 베이스도 동참할 뜻을 가지고 있었다.

레이샤드의 황실 입성을 돕고 그의 신임을 받아 레오니스 제국과 레이샤드를 위해 일할 생각이었다.

황실로 돌아간 레이샤드가 황제가 된다면 더할 나위 없이 좋겠지만, 황자로 머물더라도 상관없었다.

적당한 때에 황실을 나가 기름진 영지를 받는다면 그 자체만으로도 어지간한 대영주 못지않은 호사가 될 게 뻔했다.

야망이 큰 베이스가 별 볼 일 없는 영지의 주인인 레이샤드에게 바랄 수 있는 것은 그것뿐이었다.

그러나 애석하게도 레이샤드는 황실 생활에 별다른 미련이 없었다.

"글쎄요. 저는 황실로 돌아가고 싶은 생각이 없습니다."

레이샤드가 솔직한 심정을 밝혔다. 그러나 베이스는 이대로 물러나지 않았다.

"지금은 준비가 덜 되었다는 말씀이십니까? 아니면 황실로 돌아갈 의사가 아예 없다는 말씀이십니까?"

베이스는 레이샤드가 어떻게든 황실로 돌아가 주길 바랐다.

황위 계승권까지 가진 황족이 지도에도 표기되어 있지 않은 영지에 남아 있어 봐야 좋을 게 없었다.

하지만 레이샤드의 입장은 달라지지 않았다.

"전…… 아베론 영지가 좋습니다."

그 한마디가 베이스의 기대를 무참히 꺾어버렸다.

"하아, 알겠습니다. 영주님."

레이샤드의 뜻을 확인한 베이스가 뒤로 물러났다.

어지간한 여지가 있다면 어떻게든 설득해 볼 생각이었지만 레이샤드의 태도는 더없이 완고하기만 했다.

베이스가 연회장으로 사라지자 이번에는 레베카가 레이샤드의 옆으로 다가왔다.

"이제는 내 차례죠?"

레베카가 확인하듯 물었다.

"레베카님도 제게 궁금하신 게 있으십니까?"

자신을 이용하려는 베이스의 야망을 엿봐서일까. 레이샤드가 자신도 모르게 경계의 빛을 띠었다.

하지만 레베카는 남자를 이용해 영화를 누리려 할 만한 성격이 아니었다.

그보다는 첫눈에 반한다는 말을 곧이곧대로 믿는 여자였다.

"왜요? 베이스 공자는 괜찮고 저는 물어보면 안 되는 거예요?"

레이샤드의 반응이 마땅찮은 듯 레베카가 다시 눈매를 흘겼다.

"아닙니다. 편히 물어보십시오."

레이샤드가 애써 밝게 웃었다.

설사 레베카가 베이스와 같은 질문을 하더라도 상처 받지 않을 생각이었다.

하지만 레베카의 질문은 레이샤드의 예상을 완전히 빗나가버렸다.

"있잖아요. 요리 잘하는 여자가 좋아요, 아니면 요리는 못 해도 음식을 맛있게 잘 먹어주는 여자가 좋아요?"

"……예?"

"아이 참. 그러니까 여자가 꼭 요리를 잘해야만 하냐고요!"

레베카가 자신도 모르게 빽 하고 소리를 내질렀다. 그제야 정신이 번쩍 든 레이샤드가 더듬더듬 말을 이었다.

"저, 저는…… 요리를 못 해도 상관없습니다만……."

원했던 대답이 나온 것일까.

"정말이죠?"

암고양이 같았던 레베카의 눈매가 어느새 예쁜 반달 모양으로 변했다.

제4장

선물

1

　다음 날이 되자 연회에 참석했던 귀족들이 하나둘씩 아베론 영지를 떠났다.

　연회가 끝났다 하더라도 관례상 사나흘 정도 더 머물러도 상관이 없었지만 영주들 중 누구도 아베론 영지에 폐를 끼치고 싶어 하지 않았다.

　로델 백작도 늦지 않게 아베론 성을 나섰다.

　개인적으로는 레이샤드와 따로 이야기를 나누고픈 욕심이 없지 않았지만 보는 눈들이 많은 탓에 다음으로 미뤄야 했다.

　"레이샤드님은 만나 보았느냐?"

마차에 오르려던 로델 백작이 레베카를 향해 넌지시 물었다.

이번 연회의 참가 목적은 단순히 레이샤드와 친분을 쌓기 위해서만이 아니었다.

레이샤드와 레베카를 어떻게든 연결시켜 주겠다는 목적이 컸다.

그러나 레베카는 알 듯 모를 듯 한 표정을 지었다. 그리고는 아무 대답도 하지 않은 채 뒤쪽 마차에 올랐다.

"하긴. 실망이 컸겠지."

로델 백작이 쓴웃음을 흘렸다.

레베카가 아베론 영지의 볼품없는 모습에 단단히 화가 난 것이라고 여겼다.

하지만 정작 마차에 오른 레베카는 두근거리는 가슴을 진정시키느라 정신이 없었다.

"그렇게 좋으세요?"

뒤따라 마차에 오른 하녀 에냐가 놀리듯 말했다.

그러자 레베카가 기다렸다는 듯이 수다를 늘어놓았다.

"에냐, 글쎄 있잖아. 레이샤드님이 요리를 못해도 상관이 없데!"

"예?"

"그리고 문학에도 별로 관심이 없다니까 상관없다며 웃으시던데?"

"헉, 레베카님. 벌써부터 그런 걸 말씀하시면 어떻게 해요!"

"왜? 에냐가 궁금한 건 미리미리 물어봐 두라고 했잖아. 언제 다시 만날지 모른다고."

"그야 레이샤드님에 대해 궁금한 점을 물어보시라는 거였잖아요!"

"그러니까. 난 사실 그게 제일 궁금했어. 솔직히 요리에는 정말 자신 없거든."

레베카가 자신도 모르게 웃음을 터뜨렸다.

그렇지 않아도 요리 실습을 하거나 문학 공부를 할 때마다 힘들고 따분했는데 앞으로는 그럴 필요가 없을 것 같았다.

"그러니까 레베카님은 이미 레이샤드님께 시집을 가기로 작정하신 거로군요?"

뒤늦게 레베카의 상태를 진단한 에냐가 속으로 고개를 흔들었다.

레베카가 성년을 앞두고 있는 건 사실이지만 그래도 너무 앞서가는 것 같았다.

물론 레베카의 심정을 이해하지 못하는 건 아니었다.

레베카의 옆에서 본 레이샤드의 모습은 에냐에게도 충격, 그 자체였다.

풍성한 금발과 황금빛이 감도는 고동색 눈동자. 오뚝한 콧날에 붓으로 그려놓은 것 같은 입술까지. 남성용 연회복을 입고 있지 않았다면 미소녀라는 착각이 들 정도로 레이샤드는 눈이 부셨다.

레베카가 심심찮게 이야기하던 동화 속에서 튀어나온 왕자님이라는 이상형에 완벽하게 부합하는 모습이었다.

거기에 서글서글한 미소와 친절함까지 갖췄다.

레베카가 호감을 감추기 위해 일부로 뾰족하게 굴었지만 단 한 번도 화를 낸 적이 없었다.

오히려 지나칠 정도로 배려를 해줘서 레베카는 물론이고 자신의 마음까지 녹여 버렸다.

만일 레이샤드처럼 훌륭한 외모와 친절함을 가지고 있는 하인이 있다면?

에냐도 군말 없이 그 사내에게 매달렸을 것이다.

그만큼 남편감으로서 레이샤드는 충분히 매력적인 존재였다.

문제는 레이샤드가 다스리고 있는 이 아베론 영지다.

"그런데 레베카님, 이곳 영지는 마음에 드세요?"

에냐가 걱정스런 얼굴로 물었다.

아베론 영지로 출발하기 전에 이곳의 사정에 대해 얼추 듣기는 했지만 실제로 영지를 둘러싸고 있는 마기를 접하니 온

몸의 신경이 곤두서는 기분이었다.

솔직히 전날 밤에도 왠지 모르게 음습한 분위기에 한숨도 잠을 자지 못했다.

그러나 정작 레베카는 전혀 문제없다는 반응이었다.

"에냐, 이거 보여?"

레베카가 보란 듯이 목에 찬 펜던트를 들어 올렸다. 그러자 에냐가 똥그래진 눈으로 목걸이를 살폈다.

"어라, 그건 못 보던 목걸이인데요?"

에냐가 눈을 치떴다.

레베카에 대해서는 모르는 게 없는 에냐였지만 확실히 지금 걸고 있는 목걸이는 처음 보는 것이었다.

"레이샤드님이 선물해 주신 거야."

"레이샤드님께서요?"

"응. 이것만 있으면 아베론 영지의 마기도 상관없데."

레베카가 자랑스럽게 떠들어댔다. 그리고는 전날의 감흥에 취한 듯 다시 한 번 얼굴을 붉혔다.

확실히 레이샤드가 목에 걸어준 목걸이는 마기를 차단하는 효과를 가지고 있었다.

그렇다고 해서 그 효능이 절대적인 것은 아니었다.

아베론 영지처럼 마법으로 보호를 받고 있는 권역 내에서 마기를 밀어내는 정도가 한계였다.

하지만 그것만으로도 아베론 영지에서 지내는 데는 아무런 문제가 없었다.

게다가 아베론 영지의 마기 농도가 점점 열어지고 있는 만큼 어느 정도 적응만 된다면 목걸이가 없더라도 지낼 수 있었다.

그러나 그 사실을 알지 못하는 에냐는 레베카가 더없이 부럽기만 했다.

한편으로는 레베카를 따라 아베론 영지로 와야 하는 자신의 처지가 불쌍하게 느껴졌다.

에냐는 불현듯 마왕과 공주라는 동화가 떠올랐다.

제법 유명한 동화인 마왕과 공주는 잘생긴 마왕에게 반한 공주가 무작정 마왕성에 시집을 가는 이야기였다.

동화 속에서 공주는 마왕이 준 마법이 걸린 반지 덕분에 아무 탈 없이 마왕성에서 지낼 수 있었다.

하지만 공주를 수행한 하녀들은 마왕성의 마기를 견디지 못하고 시름시름 앓다가 전부 죽고 말았다.

에냐는 자신도 동화 속 하녀들처럼 마기에 감염되어 죽는 것은 아닐까 덜컥 겁이 났다.

그래서 내심 레베카가 다른 영지에 시집을 갔으면 하고 바랐다.

하지만 레베카의 표정으로 보아 그러기는 쉽지 않아 보였다.

레이샤드보다 잘생기고 친절한 사내가 나타나 레베카에게 구혼을 한다면 또 모르겠지만 그럴 가능성도 그리 높아 보이진 않았다.

2

"후우……."

영주들의 배웅을 모두 끝마친 뒤 레이샤드는 지친 발걸음을 이끌고 집무실로 돌아왔다.

총관 아돌프는 내일까지 방에서 푹 쉬라고 권했다.

처음 겪는 연회인만큼 적잖게 피곤했을 테니 가급적이면 휴식을 취하는 편이 낫다고 판단한 것이다.

그러나 레이샤드는 괜찮다며 고집을 부렸다.

정신적으로 피곤한 감은 없지 않았지만 그보다는 한시라도 빨리 하르베스 폐황태자가 남긴 선물을 확인해 보고 싶다는 욕심이 앞섰다.

"여기 있다."

집무실 안을 두리번거리던 레이샤드가 구석에 놓인 나무 상자를 찾아냈다.

헬레나의 지시로 하인들이 옮겨 놓은 나무 상자는 원래부터 그 자리에 놓여 있기라도 한 것처럼 집무실과 어우러져 있었다.

"어디……."

나무 상자 앞에 서며 레이샤드가 크게 숨을 들이켰다. 그리고 헬레나가 전해 준 열쇠로 단숨에 자물쇠를 풀었다.

철컥.

요란한 쇳소리와 함께 자물쇠가 쿵, 하고 땅으로 떨어졌다.

레이샤드는 다시 숨을 골랐다. 그리고 두 손으로 상자의 뚜껑을 잡았다.

두툼한 상자의 뚜껑을 열면서 레이샤드는 큰 기대에 빠졌다.

다른 사람도 아니고 하르베스 폐황태자가 남긴 선물이었다. 그렇다면 분명 대단한 무언가가 들어 있을 게 틀림없었다.

하지만 막상 상자 안을 확인한 레이샤드의 표정은 실망감으로 변했다.

상자에 들어 있는 것이라고는 몇 권의 책과 서신들, 그리고 녹이 슨 열쇠가 전부였다. 그리고 애석하게도 그것들 중 무엇도 레이샤드의 관심을 잡아끌지는 못했다.

"내가 너무 많은 걸 기대했나."

레이샤드의 입가를 타고 쓴웃음이 번졌다.

갑작스럽게 떠난 하르베스 폐황태자에 대한 그리움이 깊

어져 지나친 기대감으로 변질된 것 같은 기분이었다.

"그래도 아버님이 남겨주신 것인데 무언가 중요한 내용은 있겠지."

애써 마음을 다잡으며 레이샤드는 상자 가장 위쪽에 쌓여 있던 책을 꺼내들었다.

뿌옇게 먼지가 쌓인 책장에는 아무런 제목도 남아 있지 않았다.

하지만 몇 장 넘기자 그것이 하르베스 폐황태자가 써 왔던 일기란 사실을 알게 됐다.

일기의 형식을 띠긴 했지만 그렇다고 하르베스 폐황태자의 일상이 하루도 빠짐없이 적혀 있는 것은 아니었다.

짧으면 이틀에 한 번, 길면 열흘에 한 번 꼴로 기록이 남아 있었다.

"아버님의 일기……."

레이샤드는 자신도 모르게 일기의 내용에 빠져들었다. 그리고는 한참 동안 하르베스 폐황태자의 삶을 좇았다.

일기는 하르베스 폐황태자가 아베론 영지로 오고 난 이후부터 시작되어 있었다.

그렇다 보니 일기 초반에는 현 황제인 칼슈타트 황제에 대한 반감과 미래에 대한 두려움이 가득 담겨 있었다.

"하아, 아버님도 많이 힘드셨구나."

레이샤드는 하르베스 폐황태자가 거듭 토로하는 괴로움을 견디지 못하고 얼마 못 가 일기장을 덮고 말았다.

모든 일기의 내용이 다 그렇지는 않겠지만 죽은 아버지의 치부를 보는 것 같아 껄끄러워졌다.

"후우……."

무겁게 한숨을 내쉬며 레이샤드는 일기장을 내려놓았다. 그리고는 두 번째 책을 꺼냈다.

놀랍게도 그 안에는 나라를 다스리는 법이 적혀 있었다.

레오니스 제국 역대 황제들이 제국을 다스리면서 깨달은 바를 정리한 책, 황제론. 오직 레오니스 제국의 황제와 황태자들만이 볼 수 있다는 그 비서(秘書)의 필사본이 바로 눈앞에 펼쳐진 것이다.

뒤늦게 책의 정체를 알아챈 레이샤드는 입이 다물어지지 않았다.

제목조차 생략된 보잘것없는 책의 진가가 이토록 대단한 것일 줄은 꿈에도 생각지 못했다.

"그렇다면……!"

레이샤드가 상자 속에서 다급히 세 번째 책을 꺼내들었다. 그리고 다시 한 번 경악을 금치 못했다.

누렇게 변색된 책 속에 담겨 있는 건 다름이 아니라 제국 황실의 비전(秘傳) 검술인 레오니스 소드였다.

황제의 자리처럼 레오니스 소드도 아무나 익힐 수 있는 검술이 아니었다.

제국의 황족이라 할지라도 자질을 인정받지 못한다면 결코 허락되지 않는 최고의 검술이었다.

이런 레오니스 소드를 가리켜 호사가들은 대륙의 10대 검술 중 최고로 평가했다.

그 누구도 세상 모든 검술을 전부 안다고 자신할 수는 없겠지만 적어도 완성형 검술(검술의 전승된 형태가 양호하며 함께 익힐 마나 익스핀이 존재하는 검술) 중에서는 레오니스 소드를 능가할 만한 검술은 없을 것이라고 단언한 것이다.

게다가 레오니스 소드의 장점은 검술의 고강함만이 아니다.

단순히 검술의 형태만을 놓고 봤을 때 레오니스 소드는 이렇다 할 장점이 부각되지 않은 평범한 검술이었다.

그런 레오니스 소드를 대륙 10대 검술 중에서도 첫손에 꼽히도록 만들어준 것이 바로 레오니스 마나 익스핀(마나를 체내에 축적시키고 마나 로드를 개척해 마나를 활용할 수 있게 만들어주는 마나 운용법)이다.

대륙에 이름 높은 마나 익스핀들을 조합하고 개량해 만들어 낸 최고의 마나 익스핀은 레오니스 소드의 평범함을 완전무결함으로 탈바꿈시켜 놓았다.

이토록 대단한 제국 황실의 검술이 마나 익스핀과 함께 온전히 레이샤드에게 전해졌다.

그렇지 않아도 마땅한 검술을 익히지 못해 고민이 많았던 레이샤드에게는 바라고 또 바라던 선물이나 마찬가지였다.

"아버님, 정말 감사합니다."

레이샤드는 레오니스 소드를 품에 꼭 끌어안았다. 이제 레오니스 소드가 있으니 검을 익히는 것도 문제가 없을 것 같았다.

하르베스 폐황태자의 선물은 황제의 자리와 레오니스 소드뿐만이 아니었다.

네 번째 책 안에는 하르베스 폐황태자가 비밀리에 양성한 인재들에 대한 기록이 남아 있었다.

하르베스 폐황태자는 황태자의 자리에 오른 이후 자신을 위해 힘써 줄 인재들을 찾는 데 심혈을 기울였다.

그래서 각 분야마다 눈에 띄는 인재들을 비밀리에 지원하고 교육시켜 훗날 황위에 오를 때를 대비했다.

그렇게 하르베스 폐황태자가 황태자로서 사용할 수 있는 모든 권한을 총동원해 육성한 인재의 수만 해도 무려 서른 명에 달했다.

물론 고작 서른 명의 인재로 제국이라는 큰 나라를 이끌기란 쉬운 일이 아니었다.

황실이나 다른 귀족들의 눈에 띠지 않는 선에서 은밀하게 인재를 양성하는 걸 감안하더라도 서른 명이란 숫자는 너무 적었다.

하지만 아베론 영지처럼 작은 영지를 발전시키는 일은 서른 명의 인재로도 충분했다.

레이샤드는 자신도 모르게 웃음이 났다.

먼 미래를 내다본 하르베스 폐황태자의 혜안 덕분에 영지의 고질적인 인재 부족 문제도 해결할 수 있을 것 같았다.

만일 이들 중 삼분의 일이라도 하르베스 폐황태자에게 은혜를 갚기 위해 아베론 영지로 달려와 준다면?

고인 물처럼 정체되어 있던 아베론 영지에도 새바람이 불게 될 것이다.

물론 인재들이 정말로 아베론 영지로 와 줄지는 장담하기 어려웠다.

책의 내용만으로는 인재들이 하르베스 폐황태자에게 충성을 맹세했는지 확인할 길이 없었다.

설사 맹세를 했다 하더라도 그 대상이 하르베스라는 인간인지, 아니면 황태자라는 자리인지도 알아볼 필요가 있었다.

거기에 지금 인재들이 어떤 위치에 있는지도 변수였다.

하르베스 폐황태자의 지원 덕분에 실력을 쌓아 레오니스 제국에 중용되고 있다면 무작정 은혜를 갚으라고 강요하는 게 쉽지 않을 것 같았다.

"이 문제는 조금 고민을 해봐야겠어."

레이샤드가 인재 명부를 움켜쥐며 나직이 중얼거렸다.

아베론 영지의 인재 부족이 심각한 건 사실이었지만 그렇다고 지금 당장 인재들이 필요한 것은 아니었다.

최소한 지금보다 영지의 사정이 윤택해진 이후에 인재들의 사정을 살피고, 선별적으로 불러들여도 늦지는 않을 것 같았다.

레이샤드는 천천히 숨을 골랐다.

황제의 자리 필사본과 레오니스 소드에 이어 인재 명부까지, 연달아 엄청난 선물을 받다 보니 얼이 빠진 기분이었다.

그렇게 한참 동안 마음을 추스른 뒤 레이샤드는 상자 안에서 다섯 번째 책을 꺼냈다.

책의 두께는 상당했다. 그리고 그 안에는 제국 및 주변 왕국의 귀족들에 대한 치부들이 자세히 적혀 있었다.

"허……!"

별 생각 없이 첫 번째 장을 읽어 내리던 레이샤드가 이내 이맛살을 찌푸렸다.

레오니스 제국의 재상인 아메로스 공작이 세상에 숨기고 있던 수많은 치부가 충격적으로 다가온 탓이었다.

아메로스 공작이 저지른 부정과 비리가 어찌나 많은지 그와 관련된 내용만 무려 스무 페이지에 달했다.

게다가 그 내용은 하나같이 쉽게 넘기기 어려울 것들이었다.

"제국은 어째서 이런 자를 재상 직에 앉혔단 말인가."

레이샤드가 탄식하듯 중얼거렸다.

만일 자신이 군주였다면 아메로스 공작 같은 자에게 나라를 총괄하는 재상 직을 맡기지는 않았을 것이다.

레이샤드는 더 읽어보고 싶지 않다는 듯 책을 덮었다.

어쩌면 이 치부책이야말로 하르베스 폐황태자가 남겨준 선물 중 가장 귀한 것일지 모르겠지만 레이샤드는 그저 께름칙하기만 했다.

황제의 자리를 바라보던 하르베스 폐황태자에게 치부책은 황권(皇權)을 지키고 신권(神權)을 견제하는 보물이나 마찬가지였을 것이다.

그러나 대륙 지도에 이름조차 올라와 있지 않는, 아베론이라는 궁색한 영지를 다스리고 있는 레이샤드가 당장 활용할 일은 없을 것 같았다.

찜찜한 마음을 털어내며 레이샤드가 상자 속으로 손을 뻗었다.

그의 손끝에 또다시 두꺼운 책이 잡혔다. 하르베스 폐황태자가 남긴 마지막 책이었다.

가볍게 먼지를 털어낸 뒤에 레이샤드는 조심스럽게 책을 펼쳤다.

책 안에는 하르베스 폐황태자가 그동안 살아오며 쌓아왔던 인연의 흔적들이 전부 남아 있었다.

하르베스 폐황태자는 이 세상은 혼자만의 힘으로 살아갈 수 없다는 사실을 누구보다 잘 알고 있었다.

특히나 누명을 쓰고 제국에서 쫓겨 난 이후로는 자만을 버리고 좋은 인연을 만들기 위해 노력해 왔다.

그 결과물이 바로 레이샤드가 들고 있는 책이었다.

종이의 변색 정도로 보아 이 책은 하르베스 폐황태자가 아베론 영지로 온 이후에 작성된 것 같았다.

그래서인지 제국과 관련된 사람들만큼이나 주변 3국과 관련된 사람들과의 기록들이 많았다.

"아버님……."

레이샤드는 괜히 코끝이 찡해졌다.

이 책이야말로 아베론 영지에서 살아가야 할 자신을 위한 하르베스 폐황태자의 진심 어린 선물이나 마찬가지였다.

다음으로 레이샤드는 상자 속에 들어 있는 서신들을 살폈다.

서신들은 대부분 하르베스 폐황태자가 주변 영지와 사적으로 주고받은 것들이었다.

영지 운영에 참고가 될 만한 내용들이 포함되어 있긴 했지만 여섯 권의 책처럼 중요한 물품은 아닌 것 같았다.

서신들을 한쪽으로 치운 뒤 레이샤드는 여섯 권의 책을 책상 위에 나란히 놓았다.

겉모습은 하나같이 볼품이 없었지만 그 안에 기록된 내용들은 그 어떤 것과도 바꿀 수 없을 만큼 소중하기만 했다.

"일단 구분하기 쉽게 제목을 다는 게 좋겠어."

레이샤드는 서랍에서 펜을 꺼냈다. 그리고 여섯 개의 책에 각기 다른 제목을 적어넣었다.

첫 번째 하르베스 폐황태자의 일기장에는 추억의 책, 이라는 제목이 달렸다.

두 번째 황제경의 필사본에는 지혜의 책이라는 제목이, 세 번째 레오니스 소드에는 성장의 책이라는 제목을 적어넣었다.

그리고 네 번째 책인 인재 명부에는 인재의 책을, 다섯 번째 책인 치부책에는 비밀의 책을, 마지막 여섯 번째 책에는 인연의 책이라는 제목을 지어주었다.

그렇게 제목을 지어놓고 보니 책 하나하나의 의미가 색다르게 느껴졌다.

만족하듯 고개를 끄덕이던 레이샤드가 이내 주변을 두리번거렸다.

하나같이 남이 봐서는 안 되는 책들이었다. 그렇다 보니 최대한 안전한 곳에 보관해야 할 것 같았다.

하지만 레이샤드의 집무실에는 이렇다 할 비밀 공간이 마련되어 있지 않았다.

그렇다고 침실에 가져다 두자니 방을 청소하는 하녀들이 호기심에 볼지도 모른다는 생각이 들었다.

"이걸 어디다 놓지……."

주변을 둘러보며 한참을 고심하던 레이샤드는 결국 추억의 책을 빼고 나머지 책들을 상자 안에 도로 집어넣었다.

지금으로서는 상자에 자물쇠를 채우고 열쇠를 잘 간수하는 편이 나을 것 같았다.

"그런데 대체 이 열쇠는 뭐지?"

상자 안을 정리하던 레이샤드의 눈에 녹이 슨 열쇠가 들어왔다.

상자 속 물건들 중 그 쓰임새가 확인되지 않은 건 오직 녹슨 열쇠뿐이었다.

"아버님께서 따로 방을 사용하셨나?"

열쇠를 한참 들여다보던 레이샤드가 고개를 갸웃거렸다.

크기나 생김새로 보아 자물쇠의 열쇠라기보다는 문을 여는 열쇠 같았다.

그렇다면 아베론 성 어딘가에 열쇠와 맞는 문이 있을 터.

그곳을 찾으면 하르베스 폐황태자가 열쇠를 남긴 이유를 알수 있을 것 같았다.

"이것도 일단 가지고 있자."

레이샤드는 대수롭지 않게 열쇠를 주머니 안으로 집어넣었다.

틈틈이 영주 성을 돌아다니며 맞는 문을 찾아볼 생각이었다.

정리를 마친 레이샤드가 상자에 자물쇠를 걸었다.

철컥.

어지간해서는 쉽게 열릴 것 같지 않은 자물쇠가 단단히도 채워졌다.

덩달아 레이샤드도 마음이 놓였다.

"후우, 피곤하다."

굳게 닫힌 상자를 바라보던 레이샤드의 입에서 갑자기 하품이 터져 나왔다.

긴장이 풀려서인지 급격하게 피로가 몰려들었다. 괜찮은 척 굴었지만 생일 연회의 여파가 없진 않은 모양이었다.

"아무래도 안 되겠다."

몇 번이고 하품을 하던 레이샤드가 결국 자리에서 일어났다.

가급적이면 부지런하고 열심인 영주의 모습을 보여주고

싫었지만 오늘만큼은 일찍 들어가 피로를 풀어야 할 것 같았다.

길게 기지개를 켜며 레이샤드가 자리에서 일어났다.

그때였다.

후아아앙!

어딘가에서 불어온 바람이 집무실 안을 강하게 휘감았다.

파라라락!

집무실 책상 위에 쌓아놓았던 서류들이 사방으로 날아다녔다.

화들짝 놀란 레이샤드가 붙잡으려 손을 뻗어 봤지만 소용없었다.

방 안은 순식간에 어질어진 서류들로 난장판이 되어버렸다.

"하아, 난리 났네."

레이샤드가 무겁게 한숨을 내쉬었다.

다른 때 같았다면 짜증이라도 치밀었겠지만 워낙 몸이 피곤해서인지 그럴 기운조차 나지 않았다.

레이샤드는 지친 몸을 이끌고 방 안을 정리했다.

그렇게 흩어진 서류들을 순서대로 정리해 책상 위에 쌓기까지 한 시간이 훌쩍 지나버렸다.

"후우……."

힘겹게 집무실 안 정리를 마친 레이샤드가 쓰러지듯 의자에 주저앉았다.

피곤한데 몸을 썼더니 정말로 손가락 하나 까딱할 힘조차 없는 것 같았다.

정신을 차리려는 듯 레이샤드가 주변으로 시선을 움직였다. 그러다 책상 위에 펼쳐진 추억의 책을 내려다봤다.

조금 전에 불어왔던 바람 때문인지 추억의 책도 멋대로 펼쳐져 있었다. 그리고 그 부분에는 제법 재밌는 일화가 적혀 있었다.

집무실 서랍 구석에서 정체 모를 열쇠를 발견했다. 열쇠는 녹이 잔뜩 슬어 있었다. 얼핏 보기에도 수십 년은 더 방치된 것 같았다.

문제는 내가 서랍 안에 열쇠를 넣어둔 사실이 없다는 것이다.

집무실을 청소하는 하녀를 불러 서랍에 손을 댔는지 물었다.

하녀는 그런 적이 없다며 강하게 부인했다. 그녀의 눈빛을 보니 거짓말을 하는 것 같지는 않았다.

그렇다면 누가 이 열쇠를 서랍 안에 넣어둔 것일까? 이 열쇠는 대체 무엇을 여는 열쇠일까?

아돌프에게 열쇠에 관해 말했다. 그러자 아돌프가 우스갯소리로 북부의 전설을 말해주었다.

북부 대륙에는 왕이 될 재목(材木)에게 정체불명의 열쇠가 나타난다고 한다.

그 열쇠를 가지고 아무 방문이나 열면 비밀의 공간이 펼쳐진다고
한다.

아돌프는 그 비밀의 공간이 주는 시험을 무사히 통과하면 엄청난
능력이 생긴다고 말했다.

실제 대륙 북부에 전설처럼 내려오는 군주 대부분이 정체불명의
열쇠를 통해 특별한 능력을 얻었다고 덧붙였다.

그러면서 그저 전설일 뿐이니 따라할 생각은 절대 하지 말라고 충
고했다.

녹슨 열쇠를 잘못 집어넣으면 문이 고장 날 것이라며 말이다.

그러나 아돌프의 잔소리는 귀에 들어오지 않았다. 그보다는 북부
의 전설이 머릿속을 떠나지 않았다.

왕의 재목에게만 주어지는 정체불명의 열쇠라.

전설이라는 게 대부분 허무맹랑하다는 사실을 잘 알면서도 왠지
모르게 기대감이 들었다.

만일 이것이 정말로 전설 속에 나오는 정체불명의 열쇠라면?

어쩌면 잃어버린 권좌를 되찾게 될지도 몰랐다.

나중에 시간이 되면 한 번 아무 문이나 열어봐야겠다.

"아버님도 참."

레이샤드는 피식 웃음이 났다.

하르베스 폐황태자의 성격이라면 정말로 아무 문이나 열쇠를 꽂아넣었다가 문고리를 망가뜨렸을 것 같았다.

레이샤드는 혹시나 싶어 책장을 넘겼다.

아나나 다를까. 다음 일기에는 열쇠를 가지고 시험을 해보았다는 하르베스 폐황태자의 고백이 적혀 있었다.

그런데…….

"지, 진짜 비밀의 공간이었다고?"

이어지는 하르베스 폐황태자의 이야기에 레이샤드의 입이 떡 하고 벌어졌다.

레이샤드는 다급히 다음 장을 넘겼다.

다음 장에는 시험의 문이 주는 시험에 대비하기 위해 철저히 준비를 해야겠다는 하르베스 폐황태자의 다짐이 적혀 있었다.

내용을 빠르게 훑어 내린 레이샤드가 또다시 한 장을 넘겼다. 하지만 애석하게도 그것이 마지막 기록이었다. 더 이상의 일기는 적혀 있지 않았다.

레이샤드는 순간 정신이 번쩍 들었다. 그리고는 주머니에 넣어두었던 열쇠를 빼어 내던지듯 책상 위에 내려놓았다.

하르베스 폐황태자의 일기에 따르면 문제의 열쇠는 비밀의 공간이 열리면서 먼지처럼 사라져 버렸다고 했다.

일기의 내용이 잘못되지 않았다면 일기에 등장한 정체불

명의 녹슨 열쇠가 다시 나타날 리 없었다.

"그럼 이건…… 대체 뭐지?"

레이샤드가 잔뜩 긴장한 얼굴로 열쇠를 내려다봤다.

눈앞의 열쇠는 하르베스 폐황태자가 언급한 열쇠와 꼭 닮아 있었다.

지금껏 단 한 번도 본 적이 없는, 녹이 잔뜩 쓴 열쇠.

만일 이 열쇠가 하르베스 폐황태자가 발견했던 전설 속 정체불명의 열쇠와 같은 것이라면 레이샤드도 왕의 재목으로 선택받았다는 의미나 마찬가지였다.

만일 레이샤드가 권좌에 욕심이 많았다면 아마 두근거리는 마음을 주체하지 못했을 것이다.

그러나 애석하게도 레이샤드는 권좌라는 것에 큰 관심이 없었다.

하르베스 폐황태자는 상당히 신중한 편이었다.

그는 숙부인 칼슈타트 황제로부터 분명 때가 되면 자신을 다시 황실로 불러들이겠다는 약속을 받아냈다.

황태자의 자리에 대한 복권까지는 확답을 듣지 못했지만 적어도 다시 황족으로 돌아가 고귀한 삶을 살 수 있게 될 것이라는 기대를 가지고 있었다.

그러나 하르베스 폐황태자는 그런 기대감을 섣불리 밖으로 꺼내지 않았다.

가족들에게 쓸데없는 바람을 집어넣지도 않았고 레이샤드를 황태자로 만들기 위해 노력하지도 않았다.

그런 성급한 행동들이 반역의 기조로 여겨질 수 있다는 사실을 누구보다 잘 알았기 때문이다.

그래서 하르베스 폐황태자는 레이샤드에게 좋은 영주가 되라는 말로 에둘러 바람을 전했다.

레오니스 제국으로 돌아갈 때가 되면 그때 황위를 이을 준비를 시켜도 늦지 않다고 여겼다.

그러던 게 하르베스 폐황태자가 갑작스럽게 죽으면서 레이샤드의 꿈도 아베론 영지의 영주로 굳어져 버렸다.

그렇다 보니 정체불명의 열쇠를 통해 비밀의 공간을 열고 특별한 힘을 얻어야겠다는 욕심 자체가 들지 않았다.

그보다는 어째서 정체불명의 열쇠가 다시 나타난 것인지가 궁금했다. 어째서 하르베스 폐황태자의 일기가 끝이 난 것인지 그 이유를 알고 싶었다.

"설마 아버님께서 갑자기 쓰러지신 게 비밀의 방을 여셨기 때문일까?"

레이샤드는 하르베스 폐황태자의 죽음과 비밀의 방이 무언가 관련이 있을 것이라고 추측했다.

그렇지 않아도 건강하던 하르베스 폐황태자가 갑작스럽게 죽은 것에 대해서 늘 의문을 가지고 있던 차였다. 그렇다 보니 더욱 의심이 치솟았다.

"비밀의 방이 정말로…… 아버님을 헤치기라도 한 걸까?"

레이샤드는 책상 위에 덩그러니 놓인 녹이 슨 열쇠가 갑자기 두려워졌다.

자신 또한 하르베스 폐황태자처럼 호기심을 이기지 못하고 비밀의 공간을 열다가 화를 입을까 봐 겁이 났다.

"일단 눈에 띠지 않는 곳에 숨겨놔야겠어."

레이샤드는 손수건으로 열쇠를 조심스럽게 움켜쥐었다. 그리고 평소 잘 쓰지 않는 가장 아래쪽 서랍 안에 손수건과 함께 열쇠를 던져 넣었다.

툭.

서랍 바닥에 부딪친 열쇠가 심드렁한 소리를 냈다. 마치 자신을 무시한 레이샤드에게 화를 내는 듯했다.

그러나 레이샤드는 망설이지 않고 서랍 문을 닫아버렸다.

그것만으로는 모자랐는지 쓰지 않던 작은 자물쇠를 가져와 서랍과 연결된 쇠고리에 채워 버렸다.

"후우……. 이제 됐다."

레이샤드는 비로소 안도의 한숨을 내쉬었다. 이만하면 누구도 정체불명의 열쇠를 찾지 못할 것 같았다.

하지만 왠지 모르게 께름칙해진 기분은 좀처럼 사라지질 않았다.

누군가가 등 뒤에서 자신을 훔쳐보는 것 같은 기분이었다.

"아차, 목걸이가 없지."

레이샤드가 괜히 허전해진 목을 매만지며 중얼거렸다.

연회장에서 레이샤드는 늘 차고 다니던 목걸이를 레베카에게 건네주었다.

정확하게 말하자면 잠시 빌려 준 것이었지만 당사자인 레베카는 그것을 선물로 인식해 버렸다. 그래서 그대로 차고 영지를 빠져나가 버렸다.

그 사실을 전해 들은 레이샤드는 당혹감을 감추지 못했다.

그 목걸이는 단순한 의미의 아티팩트가 아니라 하르베스 폐황태자가 가족들을 위해 준비한 것이었다.

그렇다 보니 함부로 빼서도 선물해서도 안 되는 것이었다.

하르베스 폐황태자를 생각한다면 사람을 보내서라도 목걸이를 돌려받는 편이 나았다.

하지만 레이샤드는 고심 끝에 그러지 않기로 결정했다.

하르베스 폐황태자와 로델 백작간의 친분도 마음에 걸렸지만 그보다는 자신이 준 선물로 여기고 있을 레베카의 환상을 깨고 싶지 않았다.

"일단 이거라도 차고 있자."

레이샤드는 첫 번째 서랍에서 레이첼이 선물해 준 목걸이를 꺼냈다.

레이첼의 선물을 착용하기 위해 하르베스 폐황태자의 목걸이를 빼놓았다고 둘러대면 다들 이해해 줄 것 같았다.

게다가 레이첼은 목걸이를 선물하면서 어둠으로부터 지켜줄 것이라고 덧붙였다.

레이첼이 말한 어둠이라는 게 마기를 의미한다면 아마 하르베스 폐황태자의 목걸이와 비슷한 효능을 낼 것 같았다.

아니나 다를까.

우우웅.

목걸이를 착용하기가 무섭게 팬던트에서 청량한 힘이 흘러나왔다.

"별일 없겠지."

한결 개운해진 얼굴로 레이샤드가 자리에서 일어났다.

아직도 머릿속은 복잡했지만 또다시 밀려든 피곤함에 몸을 가누기가 어려웠다.

그렇게 침실로 돌아간 레이샤드는 정신없이 잠이 들었다.

밤새 무슨 일이 일어날지 예상조차 하지 못한 채.

3

다음 날.

레이샤드는 해가 중천에 떠오르고서야 눈을 떴다.

"이런, 너무 오래 잤잖아!"

깜짝 놀란 레이샤드가 서둘러 침대를 벗어났다.

연회로 인해 피곤했다곤 하지만 영주가 늦게까지 잠을 잤다는 사실은 창피한 노릇이었다.

"영주님, 식사 준비는 어떻게 할까요?"

레이샤드의 기침 소리를 들은 실비아가 방으로 들어와 물었다.

식사 시간이 한참 지났지만 레이샤드가 원한다면 당장에라도 만들어 가지고 오겠다는 표정이었다.

"식사는 됐어."

레이샤드가 욕실로 뛰어 들어가며 말했다.

늦잠까지 잤는데 뻔뻔스럽게 식사까지 챙겨 받을 수는 없는 노릇이었다.

하지만 전담 하녀로서 실비아도 영주가 굶는 걸 두고만 볼수는 없었다.

"그래도 식사는 하셔야 해요."

"괜찮아. 배 안 고파."

"지금은 그러실지 몰라도 아마 배고프실 거예요."

실비아는 욕실까지 쫓아 들어와서 식사를 강요했다. 그녀의 극성에 레이샤드도 어쩔 수 없이 고개를 끄덕일 수밖에 없었다.

"알았어. 먹을게. 먹는다고."

"그럼 점심 식사를 감안해서 간단하게 준비하겠습니다."

"그렇게 해. 그리고 식사는 집무실로 가져다 줘."

"네, 영주님."

황급히 준비를 마친 뒤 레이샤드는 곧장 집무실로 향했다. 굳이 그렇게 서두를 필요까진 없었지만 레이샤드는 마음이 급했다.

열다섯 번째 생일이 지나고 거창했던 연회도 끝이 났으니 이제 영주 본연의 임무로 돌아가야만 했다.

지금도 책상 위에는 미처 살피지 못한 서류들이 가득 쌓여 있었다.

서둘러 발걸음을 옮기면서도 레이샤드는 가급적이면 관리들과 부딪치지 않길 바랐다.

다행히도 연회 때문에 피곤해서인지 관리들의 모습은 보이지 않았다.

밤새 뒷정리에 시달렸던 하녀들도 느지막하게 나타난 레이샤드를 크게 신경 쓰지 않았다.

"후우……."

무사히 집무실에 도착한 레이샤드는 안도의 한숨을 내쉬었다. 그리고 천천히 책상 쪽으로 걸어갔다.

이른 아침에 하녀들이 다녀간 듯 엉성하게 올려놓았던 서류들이 다시 반듯하게 변해 있었다.

레이샤드가 멋쩍은 듯 웃으며 의자를 잡아당겼다. 묵직한 의자가 바닥을 긁으며 뒤쪽으로 밀려났다.

그때였다.

"헉!"

막 의자에 앉으려던 레이샤드의 입에서 이내 다급성이 터져 나왔다.

놀랍게도 책상 위에는 서류들만 있는 게 아니었다. 어젯밤 가장 아래쪽 서랍에 가둬 놓았던 정체불명의 열쇠도 함께 놓여 있었다.

"이, 이게 어떻게 된 거지?"

레이샤드가 놀란 눈으로 열쇠를 살폈다.

어제 하르베스 폐황태자의 선물 상자에서 발견한 정체불명의 열쇠가 틀림없었다.

녹이 슨 정도는 물론이고 기이한 형태까지 똑같았다.

게다가 더욱 놀라운 것은 가장 아래쪽 서랍은 자물쇠가 잠긴 채 굳게 닫혀 있었다는 것이다.

만일 자물쇠가 고장이 났다면 집무실을 드나드는 누군가가 열쇠를 빼냈다고 의심이라도 했을 것이다.

물론 상식적으로 그런 일이 일어 날 가능성은 없었다.

이곳은 영주의 집무실이다.

아베론 영지를 다스리는 주인이 일하는 방이었다.

당연히 이곳을 드나드는 이들은 매사에 조심할 수밖에 없었다.

도둑이라도 들었다면 또 모르겠지만 영주성의 누군가가 영주의 허락도 받지 않고 영주의 책상에 손을 댔다간 처벌을 피하기 어려웠다.

하지만 자물쇠는 레이샤드가 잠긴 그대로 쇠고리에 걸려 있었다.

게다가 누군가 억지로 서랍을 잡아당긴 흔적도 찾아보기 어려웠다.

레이샤드는 혹시나 싶어 자물쇠를 풀고 가장 아래쪽 서랍을 열었다.

어쩌면 비슷한 열쇠를 발견한 누군가가 레이샤드의 책상 위에 올려놓았을지도 모를 일이었다.

그러나 활짝 열린 서랍 속에는 함께 집어넣었던 손수건만이 덩그러니 놓여 있을 뿐이었다.

"허······."

레이샤드는 그저 헛웃음만 났다.

대체 간밤에 무슨 일이 일어난 것인지 이해가 가질 않았다. 그저 머릿속만 복잡해졌다.

가장 그럴듯한 추측은 집무실에 들어온 누군가가 첫 번째 서랍 안에 넣어두었던 자물쇠 열쇠를 꺼내어 잠긴 아래쪽 서랍을 열고 그 안에 있던 정체불명의 열쇠를 책상 위에 올려놓았다는 것이다.

그러나 목적성을 따지면 설득력이 떨어졌다. 집무실을 드나드는 이들 중 이유도 없이 그런 장난을 칠 만한 이도 딱히 떠오르지 않았다.

가장 얼토당토않은 추측은 정체불명의 열쇠가 스스로 서랍 밖으로 나왔다는 것이다.

하르베스 폐황태자의 일기대로라면 이 열쇠는 비밀의 공간이 열리면서 소멸되어 버렸다.

그런데 그렇게 사라져 버린 열쇠가 다시 하르베스 폐황태자의 선물 상자 속에 들어 와 있었다. 그리고 이번에는 서랍을 빠져나와 책상 위에 모습을 드러냈다.

어쩌면 열쇠 자체가 일종의 신물처럼 특별한 능력을 가지고 있는 것인지 몰랐다.

왕의 자질을 갖춘 자에게 나타나는 열쇠라고 하니 그럴 가능성을 완전히 배제하기도 어려웠다.

그 외에도 수많은 생각이 떠올랐지만 그나마 그럴듯하게 느껴지는 건 이 두 가지 상황뿐이었다.

대체 어느 쪽이 진실일까.

고심하던 레이샤드가 다시 정체불명의 열쇠를 다시 가장

아래쪽의 서랍 안에 던져 넣었다.

그리고 그 서랍에 자물쇠를 채운 뒤 그 열쇠를 주머니 안에 집어넣었다.

이렇게 하면 자물쇠 열쇠를 통해 정체불명의 열쇠를 꺼내는 일은 불가능해진다.

"일단 지켜보면 알겠지."

치미는 호기심을 억누르며 레이샤드는 밀린 서류들을 살폈다.

그렇게 밤늦게까지 집무실에서 업무를 본 뒤에 다시 침실로 향했다.

그리고 다음 날 아침.

일찌감치 집무실로 나온 레이샤드는 아무렇지도 않은 책상을 바라보며 쓴웃음을 지었다.

정체불명의 열쇠에 특별한 능력이 있다는 건 역시나 지나친 생각이었다.

그렇다면 대체 누가 책상을 뒤진 것일까. 잠시 고민하던 레이샤드는 어렵지 않게 그 범인을 유추해 냈다.

"레이첼, 이 녀석."

집무실에 남은 흔적으로 봐서 외부인이 침입했을 가능성은 낮았다.

만일 외부인이 성내로 들어왔다면 가장 먼저 자신에게 보고가 되었을 것이다.

결국 집무실을 자유롭게 드나드는 이들 중 누군가가 호기심을 가지고 접근했을 가능성이 높았다.

그러면서도 자신의 처벌을 피할 수 있는 사람을 꼽는다면 동생인 레이첼밖에 없었다.

어제까지만 해도 레이샤드는 그럴 만한 이유가 없을 것이라고 단정을 지었다.

하지만 만일 레이첼이 하르베스 폐황태자의 선물 상자에 관심이 생긴 거라면?

굳게 닫힌 선물 상자를 열기 위해 열쇠를 뒤지다가 정체불명의 열쇠를 발견한 것이라면?

그 과정에서 열쇠를 책상 위에 올려놓고 사라진 것이라면?

골치 아팠던 수수께끼가 전부 풀리는 셈이다.

레이샤드는 피식 웃음이 났다.

한편으로는 자신이 레이첼의 입장이었다 하더라도 그랬을 것 같다는 생각이 들었다.

레이첼은 레이샤드의 형제이자 하르베스 폐황태자의 하나뿐인 딸이었다.

그녀에게도 하르베스 폐황태자가 남긴 선물을 확인할 수 있는 권리는 있었다.

비록 그 안에 담겨 있는 책들이 워낙 놀라운 것들이라 레이첼에게 보여줄 수는 없겠지만 그녀가 저지른 장난은 충분히 눈 감아줄 수 있었다.

"난 또. 정말로 정체불명의 열쇠가 나타난 줄 알았잖아."

나름의 진실을 확인한 레이샤드는 정체불명의 열쇠에 대해서도 의심을 풀었다.

어쩌면 하르베스 폐황태자가 자신을 놀리기 위해서 사라진 정체불명의 열쇠와 비슷한 것을 선물 상자 안에 넣어둔 것인지도 모를 일이었다.

"영주님, 식사 가져왔습니다."

때마침 실비아의 목소리가 문틈을 타고 흘러들었다.

"들어 와."

레이샤드가 홀가분한 얼굴로 자리에서 일어났다. 그리고 집무실과 연결된 휴게실로 걸어 들어갔다.

"오늘은 영주님이 좋아하시는 암송아지 스테이크를 준비했어요."

실비아가 준비한 요리를 내려놓으며 레이샤드를 맞았다. 그녀의 말처럼 잘 익힌 암송아지 스테이크가 큼지막한 접시에 담겨 있었다.

"잘 먹을게."

레이샤드는 즐겁게 식사에 열중했다. 수수께끼가 풀려서

인지는 모르겠지만 담백하면서도 부드러운 고기가 입안에서
살살 녹았다.

"후식은 어떻게 하시겠어요?"

식사가 끝날 때 즈음 시중을 들던 실비아가 물었다.

"레논 티로 가져다 줘."

레이샤드가 즐겨 마시던 차를 부탁했다. 그러자 실비아가
가볍게 무릎을 굽혔다.

오늘따라 유난히도 붉은빛이 감도는 레논 티까지 즐긴 뒤
레이샤드는 천천히 집무실로 되돌아갔다.

그러면서 레이첼의 일을 어떻게 처리해야 할지를 고민했
다.

레이첼의 호기심은 오빠로서 충분히 이해해 줄 수 있었다.

하지만 그렇다고 해서 영주의 집무실에 들어와 허락도 없
이 물건들을 만진 건 그냥 넘어갈 수 없는 문제였다.

동생이라는 이유로 이번 일을 넘겼다가 레이첼이 못된 버
릇이라도 들어 버린다면 나중에 더 골치 아픈 문제가 생길 수
도 있었다.

그러나 그 고민은 그리 오래가지 않았다.

책상에 도착하기가 무섭게 새로운 문제가 생겨 버린 것이
다.

"······!"

놀랍게도 레이샤드의 책상 위에는 어디서 많이 본 듯한 열쇠가 하나 놓여 있었다. 그것도 녹이 잔뜩 슬어 있는 채로 말이다.

레이샤드가 다급히 주머니를 뒤졌다.

그러자 오른쪽 주머니 안에서 서랍을 잠근 자물쇠의 열쇠가 나타났다.

레이샤드의 시선이 가장 마지막 서랍에 걸려 있는 자물쇠로 향했다.

자물쇠는 쇠고리에 단단히 걸린 채 꿈쩍도 하지 않고 있었다. 누군가 강제로 잡아당겼거나 열려고 했던 흔적도 보이지 않았다.

열쇠가 주머니 안에 있었으니 다른 누군가가 자물쇠를 풀고 가장 마지막 서랍 안에 들어 있던 열쇠를 빼냈다고 추측하기도 어려운 상황이었다.

솔직히 바로 건넛방에서 식사를 즐기고 있는데 몰래 영주의 집무실에 침입할 간 큰 침입자가 있을 것 같지는 않았다.

레이샤드는 두근거리는 심정으로 잠긴 자물쇠를 풀었다. 그리고 마지막 서랍을 있는 힘껏 열어젖혔다.

놀랍게도 서랍에서 열쇠는 발견되지 않았다. 어제처럼 덩그러니 남은 손수건만이 서랍을 나뒹굴고 있었다.

"허……!"

레이샤드는 의자에 털썩 주저앉아 버렸다. 그리고 당혹스런 눈으로 녹이 슨 열쇠를 바라봤다.

인정하고 싶지 않았지만 결론은 나온 것이나 마찬가지였다.

열쇠 소동의 범인은 레이첼이 아니었다.

나이 어린 레이첼이 하르베스 폐황태자의 선물 상자에 호기심을 가지고 접근했다는 것 자체가 지나친 억측이 되어버렸다.

열쇠 소동의 범인은 바로 열쇠였다.

특별한 능력을 지닌 열쇠가 가장 아래쪽 서랍에서 벗어나 책상 위로 움직인 게 틀림없어 보였다.

자연스럽게 레이샤드의 머릿속에는 하르베스 폐황태자가 일기에 언급했던 전설이 스쳐 지났다.

왕이 될 재목에게만 나타난다는 정체불명의 열쇠.

그 열쇠로 문을 열면 그곳에 비밀의 공간이 나타난다.

그리고 비밀의 공간이 주는 시험을 이겨내면 엄청난 능력을 얻게 된다.

레이샤드는 정체불명의 열쇠를 빤히 내려다봤다.

만일 전설의 내용이 사실이라면?

레이샤드는 이 열쇠를 어찌 해야 할지 감당이 서질 않았다.

정체불명의 열쇠가 정말 전설의 열쇠이고 그것을 운 좋게 손에 넣었다 하더라도 레이샤드는 비밀의 공간을 열 생각이 조금도 없었다.

허무맹랑한 전설에는 별 관심이 없을 뿐만 아니라 스스로 비밀의 공간을 열 자격이 되지 않는다고 생각하고 있었다.

하지만 정체불명의 열쇠는 집요하게도 레이샤드의 앞에 나타났다.

마치 스스로의 존재를 레이샤드에게 각인시키기라도 하려는 듯 말이다.

그것이 의미하는 바가 무엇일까.

혹여 자신을 왕의 재목이라고 멋대로 주장하고 있는 것은 아닐까.

"내가 왕이 될 재목라니……. 뭔가 잘못된 게 틀림없어."

잠시 고심하던 레이샤드가 녹이 슨 열쇠를 저만치 밀쳐냈다.

그렇게 하면 열쇠에게서 벗어날 수 있을 것이라고 여겼다.

4

레이샤드는 집무실 책상 구석에 처박힌 정체불명의 열쇠

를 일부러 모르는 척 굴었다.

바로 고개만 돌리면 열쇠를 볼 수 있지만 아예 그쪽은 쳐다보지도 않았다.

그렇다고 굳이 정체불명의 열쇠를 숨기거나 내다 버릴 생각도 하지 않았다.

열쇠가 보여준 신비한 능력이라면 애써 고생해 봐야 다시 자신의 앞에 모습을 드러낼 게 뻔했다.

그러느니 차라리 책상 위에 방치해 두는 편이 나을 것 같았다.

레이샤드는 열쇠 대신 다른 일에 신경을 집중했다.

정체불명의 열쇠가 아니더라도 레이샤드가 해야 할 일은 산더미처럼 많았다.

일단 책상 위에 차곡차곡 쌓이고 있는 서류들을 해결해야 했다.

또 시간이 날 때마다 지하 연무장으로 내려가 검술을 익혀야 했다.

아돌프에게 틈틈이 영지 경영에 대해 수업을 듣는 것도 빼먹을 수 없는 일과였다.

그만큼 좋은 영주가 되는 길은 멀고도 험했다. 그렇다고 힘들어진 일상을 탓할 수는 없는 일이었다.

열다섯 살이 되면서 레이샤드는 진짜 아베론 영지의 주인이 되었다.

물론 그전에도 영주라 불리긴 했으나 정확한 표현은 소영주로 보는 게 옳았다.

아베론 영지에 마땅한 대리인이 없었기 때문에 레이샤드가 영주 노릇을 하긴 했지만 그것은 어디까지나 임시방편에 불과했다.

대륙의 일반적인 통례를 벗어나는 일이었고 아베론 영지의 가신들과 영지민들에게도 실례되는 일이었다.

지금까진 레이샤드가 영주로서 부족한 모습을 보이더라도 관리들은 딱히 탓하지 않았다.

나이 어린 영주가 영주 노릇을 하기 위해 노력한다며 너그럽게 이해하고 넘어가 주는 경우가 많았다.

그러나 열다섯 살이 된 지금은 달랐다.

이제 누가 뭐래도 아베론의 영주는 레이샤드였다. 그렇다면 그에 걸맞은 자질과 능력을 갖춰야 했다.

어리고 미숙하다는 이유만으로 관리들에게 동정을 받는 것은 열다섯 번째 생일과 함께 완전히 사라졌다고 봐야 했다.

앞으로는 영주로서 보다 책임감 있고 결단력 있는 모습을 보여줄 필요가 있었다.

"레이샤드, 정신 차리자."

레이샤드는 정체불명의 열쇠의 존재도 잊은 채 부지런히

서류들을 훑어 내려갔다.

아직 경험이 부족해 모르는 내용들 투성이지만 그래도 앞뒤 문맥을 따져 가며 대략의 상황을 이해하려고 애썼다.

그렇게 오전 내내 서류를 보는 데 할애한 뒤 레이샤드는 집무실에서 간단히 점심 식사를 했다.

하르베스 폐황태자는 식사만큼은 늘 가족들과 함께해 왔지만 레이샤드는 아직 그럴 만한 여유가 없었다.

"영주님, 긴히 상의드릴 일이 있습니다."

점심 식사가 끝날 무렵 총관 아돌프가 두툼한 서류 뭉치와 함께 집무실을 찾았다.

"무슨 일 있나요?"

식후 레논 티를 즐기고 있던 레이샤드의 표정이 대번에 굳어졌다.

아돌프가 긴히 상의를 요하는 일들 중에 심각하지 않은 건 없다시피 했다.

그러나 다행히도 특별히 영지에 문제가 생긴 것은 아니었다.

"이제 영주님께서도 본격적으로 검술을 배우셔야 하지 않을까 생각합니다."

아돌프는 레이샤드가 실전 검술을 익히지 못해 고민하고 있다는 사실을 누구보다 잘 알고 있었다.

그래서 이번 기회에 레이샤드의 고민을 해결해 주고 싶었다.

"영주님께서 원하신다면 로델 백작님께서 잘 알고 지내는 자유 기사를 소개시켜 주기로 하셨습니다."

지난번 연회에 참석했던 로델 백작은 하르베스 폐황태자 일가나 아베론 영지에 자신이 도울 만한 일이 없겠냐며 물었다.

그래서 아돌프는 레이샤드의 사정을 넌지시 일러주었다. 그 이야기가 발전되어 검술 스승을 소개시켜 주는 결과로까지 이어진 것이다.

아돌프는 레이샤드가 무척이나 기뻐할 만한 소식을 가져왔다고 여겼다.

레오니스 제국의 황족이 일개 자유기사에게 검술을 배운다는 게 자존심이 상할 수도 있겠지만 아베론 영지와 레이샤드의 사정을 감안했을 때 그보다 더 좋은 대안은 없었다.

그러나 정작 레이샤드의 반응은 덤덤했다.

예전이라면 또 모르겠지만 레오니스 소드를 손에 넣은 지금은 따로 검술 스승을 둘 필요가 없어졌다.

"미안한데 그러실 필요까진 없을 것 같아요."

"예? 그게 무슨 말씀이신지……."

"그게……."

잠시 망설이던 레이샤드가 하르베스 폐황태자가 실전 검술을 선물로 남겼다는 사실을 밝혔다.

그것이 레오니스 소드라는 사실은 차마 밝히지 못했지만 아돌프는 하르베스 폐황태자의 선물이라는 것만으로도 충분히 배울 가치가 있는 검술이라고 이해했다.

"그런 일이 있으셨군요."

아돌프가 잘 된 일이라며 고개를 끄덕였다.

그러면서도 홀로 검술을 익히는 건 쉽지 않을 것이라며 자유 기사를 초빙하자는 뜻을 전했다.

"혹여 영지 사정이 걸리실지 모르겠습니다만 그 점에 있어서는 걱정하지 않으셔도 됩니다."

로델 백작이 소개를 해주면 비교적 저렴한 비용으로 유능한 검술 스승을 맞이할 수 있었다.

그 편이 주변에 레이샤드의 위신을 세우는 데에도 도움이 될 터였다.

하지만 레이샤드가 검술 스승을 반대하는 이유는 따로 있었다.

"아니요. 정말 괜찮아요. 그러니까 그 문제는 제 뜻대로 해주세요."

레이샤드가 단호하게 선을 그었다. 그로서는 결코 양보할 수 없는 문제였다.

물론 아돌프의 말처럼 검술 스승을 둔다면 장점이 많을 것이다.

단순히 성장 속도만 놓고 보더라도 홀로 검을 휘두르는 것보다 검술 스승과 대련을 통해 배우는 게 훨씬 빨랐다.

또한 만에 하나 있을지 모를 마나 충돌에 대비하기 위해서라도 검술에 대해 잘 아는 숙련자가 곁에서 지켜봐 주는 편이 나았다.

그러나 검술 스승의 가르침을 받기 위해서는 그에게 레오니스 소드를 보여줘야 한다는 문제가 생긴다.

레오니스 소드는 대륙의 10대 검술 중에서도 첫손에 꼽히는 최고의 검술이다.

기사라면 다들 꿈꾸는 선망의 검술이며 이런 식으로 세상에 공개되어서는 안 되는 레오니스 황실 비전의 검술이다.

눈으로 보면 욕심이 생긴다는 말이 있었다.

기사에게 있어서 최고의 보물이나 마찬가지인 레오니스 소드를 눈앞에 두고 다른 마음을 품지 않을 이는 많지 않을 터였다.

게다가 만일 레이샤드가 레오니스 소드를 가지고 있다는 사실이 외부에 알려지기라도 한다면?

레오니스 제국 황실에서 당장 진상조사단을 보낼 게 틀림없었다.

레이샤드는 괜히 일을 복잡하게 만들고 싶지 않았다.

독학으로 레오니스 소드를 익히는 게 쉽지는 않겠지만 그렇다고 해서 남의 도움을 받을 수는 없는 처지였다.

"영주님께서 그렇게까지 말씀하신다면…… 잘 알겠습니다."

레이샤드가 고집을 부리자 아돌프가 마지못해 뜻을 접었다.

레이샤드가 무슨 생각을 가지고 있는지는 알 수 없으나 그렇다고 해서 영주의 뜻을 무작정 꺾으려 들 수는 없는 일이었다.

5

아돌프가 집무실을 나선 뒤 잠시 후.

"영주님, 대장간에서 사람이 왔습니다."

차를 가지고 들어오던 실비아가 손님이 왔음을 일렀다.

"대장간? 아……! 들어오라고 해."

손님의 정체를 알아챈 레이샤드의 얼굴에 화색이 돌았다.

아니나 다를까.

"영주님, 오랜만에 뵙습니다."

대장장이 피치가 성큼 집무실 안으로 들어왔다.

"피치 영감, 그동안 잘 있었어? 별일 없었지?"

레이샤드가 호들갑스럽게 피치를 맞았다.

그렇지 않아도 요 며칠 바빠서 내성 밖으로는 한 발자국도 나서지 못한 탓에 피치가 어찌 지내는지 적잖게 궁금했는데 건강한 모습을 보니 다행이었다.

게다가 피치는 혼자 온 게 아니었다.

자꾸만 시선이 가게 만드는 큼지막한 나무 상자를 들고 왔다.

"영주님 덕분에 잘 지내고 있습니다."

무뚝뚝하기로 유명한 피치의 입가에도 얼핏 웃음이 번졌다.

자신을 반기다가 어느새 나무 상자에 정신이 팔린 레이샤드가 그저 귀엽게만 느껴졌다.

"그, 그런데 여긴 어쩐 일이야?"

레이샤드가 애써 시치미를 떼며 물었다.

피치의 용건이 나무 상자 속에 들어 있다는 걸 알면서도 일부러 모르는 척했다.

그것이 성인이 된 귀족이 갖춰야 할 번거로움이라는 걸 요 며칠 새에 잘 배운 탓이다.

그러나 레이샤드의 시선은 나무 상자에서 좀처럼 떨어지질 못했다.

억지로 떼어 내봤지만 그때뿐. 시선은 어느새 나무 상자로 향해 있었다.

"영주님의 생일 선물을 드리고자 왔습니다."

피치가 나무 상자를 내밀며 말했다.

"선물? 벌써 검이 완성된 거야?"

레이샤드가 그제야 기쁜 마음을 드러냈다.

"조금 늦었습니다만 제법 잘 나왔습니다. 한 번 열어 보십시오."

피치가 나무 상자를 테이블 위에 올려놓았다. 그리고는 레이샤드를 배려하듯 한 발 뒤로 물러섰다.

"이거 떨리는데?"

레이샤드가 기대 어린 눈으로 나무 상자를 열었다.

상자 속에는 꿈꾸고 기대했던 것보다 더 멋진 검 한 자루가 놓여 있었다.

황금빛 수실로 장식된 검집은 검붉은색을 띠고 있었다. 그리고 검날과 연결된 손잡이는 붉은색 가죽이 덧대어 있었다.

"어디……."

레이샤드는 조심스럽게 검을 집어 들어 손잡이를 움켜쥐었다. 뒤이어 크게 숨을 들이켠 뒤 있는 힘껏 검을 뽑아 들었다.

스아아아앗!

처음으로 주인을 맞이한 검이 반기듯 울부짖었다.

"피, 피치! 이건 흑철검이잖아!"

완성된 검을 이리저리 살피던 레이샤드의 입이 떡하고 벌어졌다.

피치가 좋은 검을 만들어줄 것이라 예상하긴 했지만 그것이 흑철로 만들어졌을 줄은 미처 생각지도 못한 것이다.

흑철은 거무튀튀하면서도 가볍게 번들거리지 않는다.

다듬으면 다듬을수록 더욱 묵직한 맛을 보인다.

이름 있는 귀족들이 흑철검을 선호하는 이유도 흑철 특유의 진중함 때문이었다.

하르베스 폐황태자도 틈만 나면 사람도 흑철과 같아야 한다고 말했다.

그러면서 훗날 때가 되면 좋은 흑철검을 한 자루 마련해 주겠다고 약속을 했다.

그때부터 레이샤드는 자신만의 흑철검을 상상하는 재미에 푹 빠져 있었다.

그런데 놀랍게도 피치가 만들어 가지고 온 흑철검은 그동안 상상해 왔던 흑철검과 너무도 닮아 있었다.

"역시 영주님이십니다."

피치가 놀랍다는 표정을 지었다.

철검조차 쥐어 본 적이 없는 레이샤드가 단숨에 흑철검을 알아볼 줄은 몰랐다는 반응이었다.

그러나 레이샤드는 무작정 기뻐만 할 수가 없었다.

흑철검은 일반 검에 비해 훨씬 비싸다.

약간의 흑철을 섞은 것만으로도 일반 검의 열 배를 호가한다.

피치가 만든 것처럼 검 전체가 흑철로 되어 있다면 족히 수만 골드를 헤아렸다.

게다가 완전한 흑철검은 일반 대장장이들은 감히 만들 엄두조차 내지 못했다.

피치처럼 드워프의 피를 이어받은 장인이나 겨우 만들 수 있는 것이었다.

모두가 욕심낼 만한 피치의 실력까지 감안하자면 흑철검의 가치는 다시 몇 곱절 부풀어 오를지 몰랐다.

그 정도면 아베론 영지의 몇 해 운영비에 버금가는 금액이었다.

사치라면 학을 떼던 하르베스 폐황태자가 그 많은 돈을 선뜻 지불했을 리 없었다.

설사 하르베스 폐황태자가 정말로 흑철검을 주문했다 해도 마찬가지였다.

어쩌면 하르베스 폐황태자가 원했던 흑철검은 이토록 대단한 게 아닐지도 몰랐다.

자연스럽게 레이샤드는 검이 무겁게 느껴졌다. 이토록 귀한 검을 자신이 받아도 되는지 덜컥 겁이 났다.

그런 레이샤드의 속내가 표정을 통해 드러났다. 그러자 피치가 걱정할 것 없다며 말했다.

"모든 대금은 전 영주님께서 전부 지불하셨습니다. 그러니 걱정 말고 사용하십시오."

피치는 하르베스 폐황태자를 언급하며 레이샤드를 안심시켰다.

실제 하르베스 폐황태자로부터 검의 대금을 받은 적은 없지만 그렇게라도 둘러대야 레이샤드가 맘 편히 검을 사용할 수 있을 것 같았다.

"아버님께서 정말로…… 대금을 전부 지불하신 게 맞아?"

"그렇습니다. 영주님."

"하지만 이건…… 진짜 흑철검이잖아."

"제 걱정을 하시는 거라면 괜찮습니다. 제가 흑철을 싼값에 구했기 때문에 비교적 저렴한 가격에 제작이 가능했으니까요."

"날 위해서 일부러 거짓말하는 거 아니지?"

"그럴 리가요."

"정말이지?"

"정 못 미더우시면 계약서를 보여 드리겠습니다."

"아냐. 그렇게까지 말한다면 맞겠지."

피치로부터 몇 번이고 확답을 받고서야 레이샤드의 마음이 편해졌다.

한편으로는 하르베스 폐황태자로부터 분에 넘치는 사랑을 받았다는 생각도 들었다.

고작 열다섯의 나이에 흑철로 된 진검을 사용하는 이는 대륙에서도 이름 난 가문의 공자들뿐일 터였다.

"그렇게 보지만 마시고 한 번 휘둘러보십시오. 혹시라도 불편하신 게 있다면 다시 손을 보겠습니다."

피치가 레이샤드에게 조심스럽게 권했다.

레이샤드의 체형을 고려해 만들긴 했지만 개인적인 성향에 따라 불편함을 느낄 수 있었다.

"그, 그럼 그래 볼까?"

레이샤드가 어색하게 웃더니 가볍게 검을 움직여 보았다.

집무실 안이다 보니 크게 검을 휘두르지는 못했지만 무게감이나 균형감은 지금껏 써 왔던 그 어떤 수련용 검보다 뛰어났다.

"훌륭해."

레이샤드의 입에서 절로 감탄이 터져 나왔다. 특별한 수식어 구는 없었지만 그 자체만으로도 최고의 평가나 마찬가지였다.

"만족하신다니 다행입니다. 그럼 부디 잘 사용해 주십시오."

피치가 웃음을 감추듯 고개를 숙였다.

그렇게 반년 가까이 만들었던 검이 제 주인을 찾게 됐다.

6

레이샤드는 한시라도 빨리 지하 연무장으로 가서 검을 휘둘러보고 싶었다.

아직 봐야 할 서류가 남아 있었지만 도저히 눈에 들어오지 않았다.

"나머진 저녁에 보자."

레이샤드는 보던 서류를 서둘러 정리하고 자리에서 일어났다. 그리고는 하르베스 폐황태자의 선물 상자에서 성장의 책을 꺼내어 품속에 집어넣은 뒤 검을 들고 집무실을 나섰다.

"영주님, 연무장에 가십니까?"

때마침 집무실 앞을 지나치던 군무 담당 페터슨이 말을 걸어왔다.

"아, 네. 아버님께서 선물하신 검이 만들어져서요."

레이샤드가 손에 쥔 검을 들어 올리며 말했다.

그러자 페터슨이 그럴 줄 알았다며 고개를 끄덕였다.

"그렇지 않아도 피치 영감이 성에 다녀갔다는 말은 들었습니다만…… 대단하군요."

검을 바라보던 페터슨의 입에서 절로 감탄이 터져 나왔다. 검집만 보더라도 검의 자태는 심상치가 않게 느껴졌다.

가능하다면 레이샤드의 검을 받아 들어 한 번 뽑아보고 싶은 욕심마저 들었다.

하지만 하르베스 폐황태자로부터 선물을 받았다는 어린 영주의 검을 함부로 빌려 달라 청할 수는 없는 일이었다.

"언제 한번 제게도 구경할 기회를 주십시오."

페터슨이 아쉬움을 삼키며 물러났다.

"네, 꼭 그렇게 할게요."

레이샤드가 흔쾌히 고개를 끄덕였다.

"그런데 영주님도 이제 검술 스승을 두실 나이가 되지 않으셨습니까?"

막 발걸음을 움직이려던 페터슨이 다시 레이샤드를 바라보며 물었다.

진검도 선물 받은 만큼 슬슬 검술 스승에게 지도를 받을 때도 된 것 같았다.

"아버님께 배워 둔 게 있으니 너무 걱정하지 않으셔도 되요."

괜히 쓸데없는 말이 나올까 봐 레이샤드가 냉큼 둘러댔다.

게다가 페터슨이 걱정할 만큼 레이샤드가 검술에 대한 교육이 부족한 건 결코 아니었다.

하르베스 폐황태자는 살아생전에 레오니스 제국 황족들 중에서도 손꼽히는 검술 실력을 갖추고 있었다.

제국 최고의 기사라 불리는 숙부 칼슈타트 황제(그 당시에는 대공)를 견제하기 위해 검술에 매진한 덕분이었다.

그래서 레이샤드는 골격이 갖춰진 일곱 살 무렵부터 하르베스 폐황태자에게 기초적인 검술을 배웠다.

아홉 살 무렵에는 기본 검술을 익혔다. 그리고 열한 살부터는 목검을 버리고 수련용 검을 휘두르기 시작했다.

레이샤드는 하르베스 폐황태자가 갑작스럽게 죽기 전까지 꾸준하게 검술을 지도받았다.

그 결과 기초 검술과 기본 검술을 완성시키고 실전 검술을 익힐 수 있는 토대를 마련해 놓았다.

만일 하르베스 폐황태자가 살아 있었다면 아마 두 해 전쯤 실전 검술을 가르쳐 주었을 것이다.

하르베스 폐황태자가 익힌 검술은 제국 황실에서도 고급 검술로 통하는 할베온 소드였다.

레오니스 소드처럼 대륙 10대 검술로 꼽히지는 않았지만 고급 검술 중에서는 제법 이름 난 것이었다.

그러나 하르베스 폐황태자가 갑자기 요절하면서 레이샤드

는 실전 검술을 익히지 못했다.

게다가 영지의 관리들 중에서도 검술을 알고 있는 자는 아무도 없었다.

군무를 담당하는 페터슨이 창술을 익히고 있긴 했지만 그것만으로는 레이샤드에게 별 도움이 되지 못했다.

그렇게 몇 년간 레이샤드는 실전 검술을 배우고 싶은 욕망에 허덕였다.

만일 하르베스 폐황태자의 선물 상자 속에서 레오니스 소드가 없었다면 레이샤드는 아직도 실전 검술 때문에 애를 먹었을 것이다.

하지만 성장의 책이 품에 들린 이상 더는 걱정할 게 없었다.

"그럼 먼저 가볼게요."

페터슨을 뒤로한 채 레이샤드는 지하 연무장을 향해 발걸음을 재촉했다.

터벅. 터벅. 터벅.

레이샤드의 발소리가 계단을 따라 지하를 울렸다.

지하 연무장에 들어서자 탁한 공기가 레이샤드를 반겼다.

레이샤드는 이 탁기(濁氣)가 좋았다.

묵묵한 냄새에서 풍겨지는 세월의 흔적이 꼭 이곳에서 검술을 연마했던 하르베스 폐황태자의 땀 냄새처럼 느껴졌다.

몇 차례 크게 심호흡을 한 뒤에 레이샤드는 연무장 중앙으로 걸어 들어갔다. 그리고 대장장이 피치가 만들어 준 검을 뽑아 들었다.

스아아아앗.

오싹한 소리와 함께 날카로운 검날이 눈앞에 나타났다.

흑철로 만들어져서인지 광택은 뛰어나지 않았지만 무게감이나 형태는 더없이 마음에 들었다.

"어디……!"

두 손에 잔뜩 힘을 준 채로 레이샤드가 크게 검을 휘둘러보았다.

흥! 후아앙!

대기를 가르는 소리가 시원시원하게도 울렸다.

7

레이샤드는 우선 기초 검술을 펼쳐 보였다.

레오니스 소드를 익히기 전에 일단은 진검(眞劍)에 익숙해질 필요가 있었다.

기초 검술은 총 아홉 개의 동작으로 구분되는, 초보자가 익히는 자세였다.

내려치기, 올려치기, 왼 사선 내려치기, 왼 사선 올려치기,

오른 사선 내려치기, 오른 사선 올려치기, 왼쪽 수평 베기, 오른쪽 수평 베기, 찌르기.

이 아홉 가지 동작이 제 몸에 맞게 익숙해져야만 기본 검술을 익힐 수 있었다.

레이샤드도 검술을 익힌 이래 지금까지 단 하루도 빠지지 않고 기초 검술을 반복해 왔다. 그리고 지금은 몸에 익숙해질 대로 익숙해져 있었다.

하지만 진검의 무게 때문일까. 아니면 수련용 검과는 다른 무게중심 탓일까.

지금껏 수도 없이 반복했던 동작들을 제대로 펼치기가 쉽지 않았다.

기본적인 형태를 갖추면 미묘하게나마 호흡과 균형이 흐트러졌다.

호흡과 균형을 잡으려 애를 쓰면 기본 형태가 조금씩 무너지곤 했다.

열에 아홉 번은 완벽하게 펼쳐 냈던 몸에 익은 검술이 진검으로는 열에 한 번 성공시키기가 어려웠다.

이래서는 실전 검술은커녕 기본 검술도 펼쳐내기 어려울 것 같았다.

"후우……."

레이샤드가 무겁게 한숨을 내쉬었다.

수련용 검에 익숙했던 검술의 자세와 호흡을 진검에 맞게 고치는 데까지는 제법 적지 않은 시간이 필요할 것 같았다.

그러나 레이샤드는 크게 낙담하지 않았다.

레오니스 소드를 익히고 싶다는 조바심이 없지는 않았지만 이것조차도 성장의 과정이라 여겼다.

"일단은 이 녀석과 친해지는 게 먼저야."

자신을 곤란하게 만든 진검을 움켜쥐며 레이샤드가 씩 웃음을 흘렸다.

홍! 후우웅!

간결한 바람 소리가 연신 연무장을 울렸다.

그렇게 팔 근육이 뻐근해질 때까지 레이샤드는 기초 검술에 집중했다.

제5장

시험의 궁

1

검술 훈련을 마치고 간단히 저녁 식사를 한 뒤에 레이샤드
는 다시 집무실로 돌아왔다. 책상 구석에 가득 쌓여 있는 서
류더미가 레이샤드를 반겼다.

"하아……."

레이샤드의 입에서 절로 한숨이 흘러나왔다.

잠깐 자리를 비운 사이에 서류가 배로 늘어나 버렸다. 이
많은 서류를 전부 보려면 날이라도 새야 할 것 같았다.

레이샤드는 힘없이 의자에 주저앉았다.

그러자 미약한 근육통들이 레이샤드의 온몸을 욱신거리게

만들었다.

다시 한 번 무겁게 한숨을 내쉬던 레이샤드가 책상 위에 쌓여 있던 서류 뭉치 중 하나를 눈앞으로 가져왔다.

서류 겉면에는 〈아베론 아카데미 준비 문서〉라는 제목이 큼지막하게 적혀 있었다.

아베론 영지에는 아카데미가 없었다.

정식 아카데미는 물론이고 사적인 교육시설도 존재하지 않았다. 그렇다 보니 아베론 영지의 교육 수준은 주변 영지들에 비해 상당히 뒤쳐져 있었다.

레이샤드가 아베론 영지의 교육에 관심을 가진 건 올해로 일곱 살이 된 레이첼 때문이었다.

레이샤드는 일곱 살 무렵부터 하르베스 폐황태자로부터 제국 황실 수준에 준하는 교육을 받아 왔다.

하르베스 폐황태자는 제국의 황태자 교육을 완벽하게 이수했다. 그래서 그 어떤 스승보다 세심하게 레이샤드를 가르쳤다.

생전에 하르베스 폐황태자는 레이샤드에 이어 레이첼도 자신이 훈육하겠다는 뜻을 밝혔다.

언제고 레오니스 제국으로 되돌아가게 될지 모르는 상황에서 다른 황족들에게 뒤처지지 않도록 가르치겠다는 욕심이 컸다.

그러나 갑작스럽게 하르베스 폐황태자가 죽으면서 레이첼의 교육 문제에 차질이 빚어졌다.

현재로서 하르베스 폐황태자를 대신할 수 있는 사람은 헬레나와 아돌프뿐이었다.

하지만 두 사람 모두 레이첼을 전담해서 가르칠 수 없는 처지였다.

헬레나는 하루의 대부분을 병석에 누워 보내고 있었다.

총관인 아돌프도 경험이 부족한 레이샤드를 대신해 영지의 대소사를 관리하느라 시간이 부족한 상황이었다.

하르베스 폐황태자 일가의 사정을 누구보다 잘 아는 아돌프는 레이첼을 위해 가정교사를 들이는 게 어떻겠느냐고 제안을 했다.

제국에서 교육을 받은 가정교사라면 레이첼을 충분히 지도할 수 있을 것이라 여겼다.

하지만 당사자인 레이첼의 생각은 달랐다.

"오빠, 난 친구들을 사귀고 싶어. 나 혼자서만 배우는 건 재미없다구."

레이첼은 차라리 영지에 작은 아카데미를 세우는 게 어떻겠느냐고 말했다.

가정교사를 초빙하는 것보다 훨씬 많은 재화가 들겠지만 교육의 혜택을 하르베스 폐황태자 일가뿐만 아니라 관리들과

영지민들에게까지 확대시킬 수 있다는 장점이 크다며 설득에
열을 올렸다.

레이샤드는 레이첼의 의견에 크게 공감했다. 그래서 영지
회의를 소집해 관리들과 아베론 아카데미 설립 문제를 의논
했다.

회의에 참석한 관리들이 아베론 아카데미 설립에 찬성했
다. 그들 역시 자신들의 자식들이 교육의 혜택을 받지 못하고
있다는 사실을 내심 안타까워하고 있었다.

깐깐한 아돌프조차 영지의 발전을 위해 좋은 의견이라며
흔쾌히 고개를 끄덕였다.

그렇게 해서 진행된 게 바로 눈앞에 있는 〈아베론 아카데
미 준비 문서〉였다.

아직은 시작 단계에 불과했지만 이 안에 아베론 영지 교육
의 미래가 걸려 있었다.

물론 아베론 영지의 사정만 놓고 봤을 때는 무리한 계획이
나 마찬가지였다.

아베론 영지의 영지민들은 고작 천여 명에 불과했다. 그들
중 자식들을 아카데미에 보낼 만한 여력을 가진 이들은 그리
많지 않을 터였다.

하지만 레이샤드는 영주로서 아베론 영지의 미래를 위한
선택을 내렸다.

아마 한동안은 제대로 운영조차 되지 않겠지만 시간이 지나 아베론 영지가 부유해지면 그때는 많은 인재들을 배출해 내는 기관으로 자리 잡을 것이라 굳게 믿었다.

"잘 진행되고 있네."

서류의 내용을 살피던 레이샤드가 고개를 끄덕거렸다.

지난번 보고서와 크게 달라진 건 없었지만 그래도 아카데미 건물 공사를 위한 준비가 차근차근 이루어지고 있다는 게 눈에 들어왔다.

레이샤드는 이후에도 다섯 개의 서류 뭉치를 더 살폈다. 하나같이 아베론 영지의 발전과 관련이 있다 보니 한눈을 팔 새가 없었다.

그렇게 밤늦게까지 정무를 보던 레이샤드는 크게 기지개를 켰다. 그러다 의도치 않게 정체불명의 열쇠를 던져 놓았던 책상 구석 쪽으로 눈길이 갔다.

그런데,

"……!"

그곳에 있어야 할 정체불명의 열쇠가 보이질 않았다.

한참 동안 열쇠의 빈자리를 바라보던 레이샤드가 이내 쓴웃음을 지었다.

누군가 들어와서 정체불명의 열쇠를 치웠는지, 아니면 열쇠가 알아서 사라졌는지는 중요치 않았다.

어차피 자신에게는 어울리지 않는 열쇠였다. 그렇다면 이쯤에서 사라져 주는 편이 나았다.

"이제야 좀 홀가분하네."

레이샤드가 마음에도 없는 말을 중얼거리며 자리에서 일어났다. 그리고 터벅터벅 침실로 발걸음을 옮겼다.

침대에 누우면서도 머릿속 한구석에서는 정체불명의 열쇠가 생각이 났다.

열쇠는 대체 어디로 간 것일까.

이제 더 이상 자신의 앞에 나타나는 일은 없는 것일까.

눈에 보이지 않으니 괜히 쓸데없는 생각만 들었다.

"나랑 무슨 상관이람."

한참 동안 몸을 뒤척이던 레이샤드가 신경질적으로 잡념을 털어냈다. 그리고 억지로 눈을 꾹 감았다.

그렇게 하면 정체불명의 열쇠를 잊을 수 있을 것이라 여겼다. 그러나 정체불명의 열쇠는 끈질긴 구석이 있었다.

레이샤드는 꿈을 꿨다.

정체불명의 열쇠가 등장하는 요상한 꿈이었다.

꿈속에서 레이샤드는 커다란 문 앞에 서 있었다.

주변을 둘러보았지만 아무것도 기억나지 않았다. 오직 큰 문만이 눈에 들어왔다.

"이 문을 열란 말인가?"

문고리 쪽으로 손을 뻗던 레이샤드가 무언가를 발견하고는 흠칫 몸을 떨었다.

놀랍게도 문에는 정체불명의 열쇠가 꽂혀 있었다.

레이샤드는 뻗었던 손을 다시 잡아당겼다.

비록 꿈이라곤 하지만 정체불명의 열쇠의 뜻대로 놀아주고 싶지 않았다.

하지만 꿈에서만큼은 정체불명의 열쇠를 당해내지 못했다. 레이샤드의 의사와는 상관없이 그의 손이 문고리를 잡고 돌려 버렸다.

철컥.

요란한 소리와 함께 문이 열렸다.

그 순간,

후아아아아앗!

시커먼 어둠이 단숨에 레이샤드를 덮쳤다.

"으악!"

레이샤드는 깜짝 놀라 잠에서 깼다.

"영주님, 왜 그러세요?"

레이샤드의 비명 소리를 들은 실비아가 냉큼 방 안으로 달려 들어왔다.

그녀는 땀으로 범벅이 된 레이샤드의 얼굴을 확인하고는 서둘러 물수건을 준비했다.

"무슨 안 좋은 꿈이라도 꾸셨어요?"

물수건으로 레이샤드의 얼굴을 훔치며 실비아가 걱정스런 얼굴로 말했다.

3년 전 하르베스 폐황태자가 죽었을 때를 제외하고 레이샤 드가 악몽을 꾼 적은 단 한 번도 없었다.

그렇다 보니 레이샤드에게 무슨 일이라도 생긴 것은 아닐 까 염려가 됐다.

"아니야. 아무것도."

잠시 멍 하니 누워 있던 레이샤드가 혼잣말처럼 중얼거렸 다. 그렇다고 해서 정체불명의 열쇠 이야기를 전부 털어놓을 수도 없는 노릇이었다.

"옆에 있어 드릴까요?"

실비아가 레이샤드를 바라보며 말했다. 그러자 레이샤드 가 부끄러운 듯 고개를 흔들었다.

영주와 그의 가족들을 전담하는 하녀들은 늘 새우잠을 자 기 일쑤였다.

그들에게 언제 무슨 일이 생길지 모르다 보니 늘 가까운 곳 에서 대기하고 있어야 했다.

특히나 실비아는 영주인 자신을 챙기느라 제대로 쉬지도 못했다. 그런 그녀를 고작 악몽 따위로 괴롭히고 싶은 마음은 없었다.

"난 괜찮아. 그러니까 실비아도 가서 눈 좀 붙여."

레이샤드가 아무렇지도 않다며 애써 웃어 보였다.

그러나 그것만으로는 안심이 되지 않던지 실비아가 의자를 가져 와 앉고는 레이샤드의 머리맡을 지켰다.

"난 괜찮다니까."

"영주님께서 주무실 때까지만 옆에 있을게요."

"안 그래도 돼."

"그래야 제 마음이 편할 거 같아요."

"그럼 나 자고 바로 가서 쉬어야 해. 약속할 수 있지?"

"그럼요. 그러니까 걱정 말고 푹 주무세요."

실비아가 나직한 목소리로 자장가를 불렀다.

레이샤드가 자장가를 들으며 잠이 들 나이가 지났다는 사실은 잘 알고 있지만 악몽에 자장가만 한 특효약도 없었다.

실비아의 그윽한 음색에 취해 레이샤드는 다시 눈을 감았다. 그리고 천천히 잠에 빠졌다.

2

레이샤드는 다시 꿈을 꾸었다.

사방은 시커먼 어둠이었다.

레이샤드가 꿈에서 깨어 도망친 시점에서 꿈은 계속 멈춰 있었다.

스아아아아앗!

레이샤드가 다시 꿈속으로 들어오자 그를 집어삼켰던 어둠이 반기듯 휘돌기 시작했다.

레이샤드는 겁이 덜컥 났다.

하지만 한차례 겪었던 탓일까. 조금 전처럼 비명이 터져 나오지는 않았다.

"이건 꿈이야, 레이샤드. 겁먹을 필요 없어."

레이샤드는 애써 호흡을 가다듬었다. 그리고 어둠이 익숙해지기를 기다렸다.

시간이 지나자 어둡기만 했던 어둠이 점차 흐릿하게 느껴졌다. 자연스럽게 주변의 형상들이 하나둘 들어오기 시작했다.

레이샤드는 주변으로 눈을 돌렸다. 그리고 자신이 머무는 곳이 정체 모를 궁전 같다는 사실을 알아챘다.

어렸을 때를 제외하고 궁에서 지낸 적은 없었지만 높은 천장이나 곧게 세워진 대리석 기둥들은 동화책 속에 흔히 등장하는 궁전을 연상시켰다.

"이곳이 아버님이 말씀하신 비밀의 공간인가?"

레이샤드는 어렵지 않게 궁전의 정체를 파악했다.

정체불명의 열쇠는 왕의 자질을 가진 자에게 찾아가 비밀의 공간을 안내한다고 했다. 그리고 조금 전 꿈에서 정체불명의 열쇠는 문에 꽂혀 있었다.

이곳이 정체불명의 열쇠가 만들어낸 게 맞는다면, 비밀의
공간인 셈이다.

"어쩌지."

레이샤드는 잠시 망설였다.

이곳이 정말 왕의 자질을 갖춘 자들을 위해 준비된 공간이
라면 자신이 있어서는 안 된다고 생각했다.

그렇다고 꿈에서 깰 때까지 마냥 제자리에 서 있을 수도 없
는 노릇이었다. 가만히 서 있다고 해서 꿈이 깰 것 같지도 않
았다.

고민 끝에 레이샤드는 비밀의 공간을 조금 둘러보기로 마
음먹었다.

저벅. 저벅.

레이샤드의 조심스러운 발소리가 어둠을 울렸다.

스아아아앗!

레이샤드의 결단을 반기듯 어둠이 즐거운 울음을 터뜨렸다.

3

비밀의 공간에서 레이샤드가 가장 먼저 발견한 것은 커다
란 탁자였다.

"이게 언제부터 여기에 있었지?"

탁자를 발견한 레이샤드가 고개를 갸웃거렸다.

처음 위치에서 이곳까진 고작 열 걸음 내딛었을 뿐이다. 그렇다면 조금 전에도 탁자의 모습이 보였어야 옳았다.

하지만 탁자는 본래부터 이 자리에 있었던 것처럼 레이샤드를 반기고 있었다.

어둠 때문에 제대로 보지 못한 것일까.

그것이 아니면 이 공간 안에 있는 모든 물건이 정체불명의 열쇠처럼 신비한 능력을 가지고 있는 것일까.

괜히 께름칙함이 밀려들었지만 레이샤드는 애써 태연한 척 굴었다.

이곳은 현실이 아니라 자신의 꿈 안이다. 꿈이란 언제든지 깨어버리면 그만이었다. 어둠이 휘도는 탁자 위에는 서신 한 통이 덩그러니 놓여 있었다.

"내 꿈속이니까 당연히 나더러 읽으라는 거겠지?"

레이샤드는 대수롭지 않게 서신을 집어 들었다.

서신의 겉봉에는 아무런 표식도 남아 있지 않았다. 한참을 살펴봤지만 누가 보낸 것인지 전혀 알 수 없었다.

"뭐 그거야 읽어보면 알겠지."

가볍게 어깨를 으쓱인 뒤 레이샤드가 주저없이 서신을 꺼냈다. 그 순간,

후아아아아앗!

탁자를 휘감던 어둠이 순식간에 사라져 버렸다.

그와 함께 탁자 주변에서 열두 개의 빛덩어리가 튀어나왔다.

"윽!"

갑작스런 빛덩어리들의 등장에 레이샤드가 눈살을 찌푸렸다. 다행히도 금세 적응되긴 했지만 빛덩어리에 조금만 더 가까이 있었더라도 놀라 뒤로 넘어질 뻔했다.

"후우……. 잠깐이라도 마음을 놓을 수가 없네."

쿵쾅거리는 가슴을 진정시키며 레이샤드가 손에 든 서신을 내려다봤다.

빛덩어리들 덕분일까.

서신의 내용이 또렷하게 보였다.

선택을 받은 자에게…….

서신의 시작은 다소 거창했다. 마치 신탁이라도 내리는 것처럼 굴었다.

레이샤드는 쓴웃음이 났다.

엉겁결에 선택을 받긴 했지만 여기까지 온 것은 자신의 의사와는 전혀 상관없는 일이었다.

그러니 이토록 거창하게 말해 봐야 별다른 감흥이 느껴지질 않았다.

레이샤드는 묵묵히 서신의 내용을 읽어 내렸다.

일단 무엇 때문에 자신을 비밀의 공간으로 초대했는지 알아둘 필요가 있을 것 같았다.

이 서신을 읽을 때쯤이면 당신은 시험의 궁에 들어와 있을 겁니다.

시험의 궁이 어디냐고요?

인간들의 전설에는 비밀의 공간이라 부른다지요?

어쨌든 이곳에 들어온 이상 당신은 나가지 못합니다. 적어도 이곳에서 하루가 지나기 전까지는 말이지요.

물론 한 가지 예외 사항은 있습니다.

만일 당신이 처음으로 시험의 궁에 들어 왔다면 그때만큼은 예외적으로 원하는 순간에 밖으로 나갈 수가 있습니다.

어떻게 하면 시험의 궁에서 나갈 수 있느냐고요?

간단합니다. 내 도전은 끝났다, 라고 크게 소리치면 곧바로 현실로 돌아갈 수 있을 겁니다.

혹시 꿈을 통해 시험의 궁에 오셨다면 어떻게 해야 하느냐고요?

특별히 다를 건 없습니다. 이곳에서의 하루 동안은 머물러 있어야 합니다.

앞서 말했듯 예외는 한 가지뿐입니다.

오직 처음으로 시험의 궁에 들어 왔을 때에만 적용이 된답니다.

현실이든 꿈이든 시험의 궁에 들어왔다는 사실은 달라지지 않습니다.

그러니 꿈이라고 해서 마음 놓지 마세요.

"허⋯⋯."

레이샤드는 자신도 모르게 헛웃음이 났다.

비밀의 공간을 열 생각이 전혀 없었는데 정체불명의 열쇠는 제멋대로 그를 시험의 궁 안으로 끌고 들어왔다.

그래놓고선 꿈이든 현실이든 상관없다니. 제멋대로도 이런 제멋대로가 없었다.

마음 같아선 당장에라도 이 말도 안 되는 꿈속에서 벗어나고 싶었다.

하지만 그랬다간 왠지 모르게 후회할 일이 생길 것만 같았다. 애써 억울한 마음을 참으며 레이샤드는 다시 서신 위로 시선을 옮겼다.

시험의 궁 안으로 들어오는 건 당신의 자유입니다.

원한다면 몇 번이고 계속해서 시험의 궁 안에 들어올 수 있습니다.

그러나 시험의 궁의 초대를 피하는 일은 삼가주세요. 당신이 그런 기미를 보인다면 언제든지 강제로 데려올 수 있으니까요.

당신은 선택을 받은 자입니다.

누구로부터, 무엇으로부터 선택을 받았는지 묻지는 말아주세요. 결과적으로 당신에게 나쁠 건 하나도 없을 테니까요.

앞서 말했듯 당신은 시험의 궁에서 정확하게 한 달을 머물러야 합니다. 그리고 열두 가지의 카드 중 하나를 선택해야 합니다.

당신이 어떤 카드를 선택하느냐에 따라 당신의 운명이 결정될 겁니다.

당신의 선택 끝에 어떤 행운이 기다리고 있을지 저는 알지 못합니다.

그러니 신중히 결정하세요. 한 번 선택한 카드는 다시 바꿀 수 없으니까요.

선택을 받은 자여. 당신에게 행운이 있길 바랄게요.

운명의 문지기로부터.

자칭 운명의 문지기로부터 온 서신의 내용은 이것이 전부였다.

시험의 궁을 드나드는 방법과 머무는 기간, 그리고 마지막으로 카드를 선택해야 한다는 내용 이외에는 아무것도 알려주지 않았다.

"이게 뭐야? 일단은 어째서 내가 시험의 궁에 끌려왔는지부터 알려주면 좋잖아."

레이샤드는 운명의 문지기의 서신이 불친절하게 느껴졌다. 무작정 끌고 와서 시험은 시작됐으니 최선을 다하라니.

대륙 남부에 성행하는 노예 검투장에 노예로 납치당한 기분이었다.

그러나 레이샤드가 딱히 할 수 있는 일은 많지 않았다.

서신에 나와 있는 것처럼 시험의 궁을 거부하면 지금처럼 강제로 끌려올 게 뻔했다.

"그러니까 이곳에서 어쨌든 한 달을 버텨야 한다는 말이지?"

레이샤드는 주먹을 꼭 움켜쥐었다.

원치 않은 초대이긴 했지만 한 번 시험의 궁에 들어 온 이상 어쩔 수 없을 것 같았다.

레이샤드는 주변을 둘러 봤다.

조금 전처럼 큼지막한 궁전의 형태를 제외하고는 특별히 눈에 들어오는 게 없었다.

하지만 다시 몇 걸음 가다 보면 새로운 무언가가 나타날지도 모른다.

이곳에서 앞으로 한 달을 머물러야 하는데 이번 기회에 조금 더 둘러봐야 하나?

불현듯 그런 생각이 들었지만 레이샤드는 고개를 흔들었다. 어차피 한 달만 채우고 나갈 곳이다. 게다가 본래 들어 올 생각조차 없었던 곳이다.

"내 도전은 끝났다!"

레이샤드가 천정을 올려다보며 크게 소리쳤다.

혹여라도 다른 욕심이 들기 전에 이곳을 빠져나가고 싶었다. 그런 레이샤드의 바람이 받아들여진 것일까.

후아아아앗!

레이샤드의 눈앞에 시험의 궁 밖으로 나갈 수 있는 문이 열렸다.

"후우……."

레이샤드는 크게 심호흡을 했다. 그리고 눈앞에 일렁이는 문을 향해 발걸음을 내딛었다.

스아아아아!

레이샤드를 반기듯 문이 나직이 울부짖었다. 그로부터 잠시 후.

후아아아앙!

눈부신 빛이 레이샤드를 집어삼켰다.

4

"윽!"

레이샤드의 입에서 다시 짤막한 비명이 터져 나왔다.

"영주님! 괜찮으세요?"

머리맡에 앉아 있던 실비아가 놀란 얼굴로 레이샤드를 살 폈다.

그러자 자신도 모르게 질끈 눈을 감았던 레이샤드가 실비 아의 목소리를 듣고는 살짝 눈을 떴다.

'꿈에서…… 깼나?'

실눈 너머로 실비아의 얼굴이 들어왔다.

염려가 가득한 그녀의 표정을 보니 다시 현실로 돌아온 것 같았다.

"후우……."

레이샤드가 이내 한숨을 내쉬었다.

갑작스런 빛 때문에 놀라긴 했지만 덕분에 꿈에서 깼으니 답답함이 가시는 기분이었다.

하지만 실비아는 좀처럼 우려를 떨치지 못했다.

"영주님, 안 되겠어요. 제가 따뜻한 차라도 가져올게요."

실비아가 자리에서 일어나며 말했다.

레이샤드가 계속해 악몽을 꾸고 있다고 생각하는 모양이었다.

그러자 레이샤드가 다급히 실비아의 팔목을 붙잡았다.

"난 괜찮아."

"하지만 또 놀라서 깨셨잖아요."

"악몽 같은 건 아니니까 걱정하지 않아도 돼."

"그래도 계속 악몽을 꾸시는 것 같아서요."

실비아는 레이샤드가 좀처럼 잠을 이루지 못한다는 사실이 걱정스러웠다.

그래서 이대로 악몽에 시달리는 것보다는 마음을 편안하게 해주는 차라도 마신 뒤에 잠을 청하는 게 낫다고 여겼다.

하지만 레이샤드는 그럴 필요가 없다며 말했다.

"이젠 괜찮을 거야. 정말이야."

꿈은 끝났다.

적어도 오늘 밤은 다시 시험의 궁에 불려가는 일은 없을 터였다.

"그런데 내가 잠든 지 얼마나 됐어?"

레이샤드가 주변을 두리번거리며 물었다.

꿈속에서 족히 서너 시간은 보낸 것 같았다. 하지만 주변은 조금 전 눈을 떴을 때처럼 어둑하기만 했다.

"잠이 드셨나 싶었는데 금방 깨셨어요."

실비아의 표정이 어두워졌다. 그리곤 다시 한 번 차를 마시는 편이 좋지 않겠느냐며 권했다.

"그래?"

레이샤드는 고개를 갸웃거렸다.

시험의 궁에 오래 머물렀던 기억이 생생한데 금방 깼다니.

어쩌면 현실에서의 시간이 시험의 궁 안에서 보내는 시간에 비해 훨씬 늦게 흐르는 것인지도 모를 일이었다.

'만약에 그렇다면 시험의 궁 속에서 밀린 서류를 살펴봐도 괜찮겠는걸?'

레이샤드는 불현듯 그런 생각이 들었다.

시험의 궁의 시간 흐름을 잘만 이용한다면 한동안 밤늦게까지 서류를 살필 일은 없을 것 같았다.

'자고 일어나면 한 번 실험해 봐야겠다.'

레이샤드가 슬쩍 입가를 비틀었다.

그저 원치 않은 초대로만 여겼던 시험의 궁을 다시 찾을 이유가 생긴 것 같았다.

다음 날 아침.

아침 식사를 마친 레이샤드는 곧장 집무실로 향했다.

집무실 책상 위에는 전날 사라졌던 정체불명의 열쇠가 당당히 놓여 있었다.

녀석은 이번에도 자신을 피하면 당장이라도 시험의 궁으

로 끌고 가겠다는 듯 제법 위협적인 태도로 레이샤드를 맞았다.

하지만 레이샤드도 더는 시험의 궁을 피할 생각이 없었다.

어차피 한 번 시험의 궁에 발을 디딘 이상 그 안에서 한 달이라는 시간을 보내야 한다.

레이샤드가 피한다고 해서 피할 수 있는 문제가 아니었다.

게다가 시험의 궁과 현실의 시간이 어긋나 있다는 사실도 알아냈다.

시험의 궁에서 밀린 업무를 본다면 시간도 보내고 일의 능률도 높아질 테니 일석이조나 마찬가지였다.

그래서 레이샤드는 마음을 바꿔 보란 듯이 시험의 궁을 이용해 줄 생각이었다.

레이샤드는 전날 처리하지 못해 남겨두었던 서류들을 들어 서재의 입구 쪽으로 옮겼다.

서재와 연결된 문을 통해 시험의 궁에 들어갈 생각이었다.

쿵. 쿠웅.

서재 근처에 놓여 있던 원형 탁자 위로 서류들이 무섭게 쌓이기 시작했다.

이 많은 것을 다 보려면 족히 하루는 걸리겠지만 시험의 궁을 잘 활용한다면 오늘 안에 마무리할 수 있을 것 같았다.

"서류들뿐만 아니라 검도 챙겨 가는 게 좋겠어."

레이샤드는 집무실 벽에 걸어놓았던 검도 챙겼다. 그리고 하르베스 폐황태자의 선물 상자 속에서 성장의 책도 꺼냈다.

시험의 궁에서 보내는 하루 동안 서류만 살피는 건 아무래도 따분한 노릇이었다.

서류를 읽는 게 버거워질 때쯤 검술을 훈련하며 분위기를 전환하는 것도 나쁘지 않을 것 같았다.

"이 정도면 됐겠지?"

대략적인 준비를 마친 레이샤드가 책상 위에서 정체불명의 열쇠를 가져왔다. 그리고는 서재로 통하는 문틈에 열쇠를 끼워 넣었다.

철커덕.

전혀 맞지 않을 것 같았던 정체불명의 열쇠가 마치 마법처럼 문틈 속으로 빨려 들어갔다.

레이샤드는 크게 숨을 들이켰다. 그리고는 있는 힘껏 열쇠를 돌렸다.

딸깍.

잠겨 있지도 않았던 문이 열리는 소리가 났다.

레이샤드는 마른침을 삼키며 문고리를 잡아당겼다.

그 순간,

스아아아앗!

시커먼 어둠이 반기듯 레이샤드에게 덤벼들었다.

꿈에서 한차례 겪은 적이 있지만 어둠에 잡아먹히는 듯한 기분은 썩 유쾌하지 않았다.

"으으……."

레이샤드는 자신도 모르게 몸을 부르르 떨었다. 그러자 짓궂은 어둠이 음산하게 웃으며 레이샤드의 주변을 맴돌았다.

꿈에서처럼 레이샤드는 어둠이 익숙해지길 잠시 기다렸다. 그렇게 십여 분쯤 지나자 어둡기만 하던 시야가 조금 훤해졌다.

레이샤드가 주변으로 시선을 옮겼다.

꿈에서와 마찬가지로 거대한 궁의 내부가 눈에 들어왔다.

레이샤드는 속으로 안도했다. 만일 꿈과 다른 무언가가 있다면 겁이 났을지 몰랐다.

"일단 지난번에 봤던 그 탁자를 찾아야겠어."

애써 숨을 고르며 레이샤드가 천천히 발걸음을 내딛었다.

저벅저벅.

레이샤드의 발소리가 나직이 어둠을 울렸다.

그렇게 몇 걸음 걷지 않아 저만치서 탁자의 형상이 나타났다.

꿈에서 봤던 바로 그 탁자가 틀림없었다.

레이샤드는 다시 한 번 안도감을 느꼈다. 그러다 문득 뭔가 허전함을 느꼈다.

"아차, 서류와 검을 미처 못 옮겼는데……."

레이샤드는 뒤늦게 자신이 빈손이라는 사실을 깨달았다.

서류 더미와 검을 탁자 위에 올려놓았는데 미처 옮길 틈도 없이 시험의 궁으로 빨려 들어온 것이다.

"이럴 줄 알았으면 서류와 검을 들고 있는 건데."

레이샤드는 아쉬운 마음에 미간을 찌푸렸다.

자신이 지나치게 서두른 탓에 시험의 궁을 활용하겠다는 계획이 수포가 되어버린 것 같았다.

하지만 그것도 잠시.

"어라?"

탁자 위에 쌓여져 있는 물건들을 발견하고는 레이샤드의 얼굴이 다시 환하게 변했다.

놀랍게도 탁자 위에는 레이샤드가 가져오려 했던 서류 뭉치들과 검이 가지런히 놓여 있었다.

"알아서 서류와 검을 옮겨주다니, 신통한데?"

레이샤드는 시험의 궁의 능력이 마음에 들었다.

가끔 제멋대로라는 점이 거슬리긴 했지만 시험의 궁이 알아서 서류 더미와 검을 옮겨주지 않았다면 이곳에 머무는 한 달 동안 지루하게 시간만 죽여야 했을지 몰랐다.

"자, 그럼 일을 시작해 보실까?"

가볍게 기지개를 켠 뒤에 레이샤드는 서류 뭉치들 중 하나를 앞으로 가져다 놨다. 그런데 막상 정무를 보려니 펜이 없었다.

"이봐! 혹시 내 방에 있는 펜을 가져다줄 수 있어?"

레이샤드는 혹시나 싶어 천정을 바라보며 소리쳤다.

그 목소리를 들은 것일까.

스아아앗!

갑작스럽게 어둠이 탁자 위로 넘어들었다. 그리고는 탁자 위에 고풍스러운 펜과 잉크를 놓고 사라졌다.

레이샤드는 가만히 펜을 쥐어 보았다.

평소 쓰는 펜은 아니었지만 그것과 큰 차이가 나지 않았다.

레이샤드가 만족스러운 얼굴로 고개를 끄덕였다. 하지만 이내 또다시 난관에 부딪쳤다.

"이런. 그러고 보니까 의자도 없잖아."

막상 앉아서 정무를 보려니 앉을 자리가 없었다.

생각해 보니 처음부터 탁자 주변에는 의자 같은 건 놓여 있지 않았던 것 같았다.

"이봐! 의자도 하나 필요한데?"

레이샤드가 다시 천정을 향해 외쳤다. 그러자 시커먼 어둠이 휘몰아치더니 레이샤드의 체형에 딱 맞는 큼지막한 의자를 하나 만들어냈다.

"고마워."

레이샤드는 어둠이 만들어준 의자에 앉았다. 푹신한 게 자신이 쓰던 의자보다도 안락하게 느껴졌다.

레이샤드는 눈앞에 가져다 놓은 서류를 살폈다.

서류의 겉면에는 〈아베론 영지 마법진 수정 계획서〉라는 제목이 적혀 있었다.

"일전에 내가 말했던 그 일이로구나."

레이샤드는 흥미 어린 눈으로 서류를 떠들었다. 하지만 얼마 가지 않아 마법 용어의 난해함에 표정이 굳어졌다.

아베론 영지에 펼쳐져 있는 마법진을 수정한다는 건 말처럼 간단한 문제가 아니었다.

마법진은 아베론 영지에 속해 있지만 그 관리는 빛의 마탑이 세운 북부 지부에서 담당하고 있었다.

레이샤드의 뜻을 받들어 아베론 영지에서는 일차적으로 빛의 마탑 북부 지부에 마법진 수정이 가능한지 여부를 물었다.

그러나 빛의 마탑 북부 지부에서는 이런 저런 이유들을 대며 마법진 수정에 부정적인 의견을 보였다.

그리고 그와 관련한 빛의 마탑 북부 지부의 답신이 수십여 장에 걸쳐 서류에 포함되어 있었다.

만일 레이샤드가 빛의 마탑 북부 지부에 재차 지원을 요청하기 위해서는 먼저 그들이 보낸 부정적인 답신에 대해 먼저 답변을 해야 했다.

그러나 서류에 첨부된 내용 대부분이 마법적인 용어들로 뒤덮여 있는 탓에 단순히 읽는 것조차도 쉽지가 않은 상황이었다.

"마법진의 핵은 무엇이고 기둥은 무엇이지?"

몇 번이고 답신을 살피던 레이샤드가 고개를 갸웃거렸다.

핵과 기둥.

얼핏 보면 비슷한 의미를 지닌 것 같은데 마법적으로는 어떻게 해석되는지 알 수가 없었다.

마법 대백과사전이라도 펼쳐 놓고 참고한다면 또 모르겠지만 지금으로서는 빛의 마탑 북부 지부의 주장을 이해하기가 어려웠다.

"마법진의 핵이 기둥보다 더 중요한 기능을 하는 것일까? 아니면 같은 의미인데 경우에 따라 다르게 표현이 되는 것일까?"

레이샤드가 손가락 끝으로 탁상을 톡톡 두드렸다. 하지만 그렇다고 해서 답이 나오진 않았다.

한참을 고심하던 레이샤드가 무심결에 천정을 올려다봤다. 그리고는 나직이 중얼거렸다.

"이봐, 혹시 말이야. 마법진의 핵과 기둥이 어떻게 다른지 알고 있어?"

딱히 대답을 구하고 한 질문은 아니었다.

이곳이 집무실이었다면 다른 누구에게 푸념삼아 했을 질문을 대신 주절거린 것뿐이었다.

그러나 공간의 궁은 레이샤드의 푸념을 공식적인 요청으로 받아들여 버렸다.

후아아아앗!

갑작스럽게 탁자의 중앙에서 기묘한 문양들이 떠올랐다.

가운데 큰 원과 그 원의 주변을 잇는 여섯 개의 작은 원이 흡사 마법진처럼 펼쳐져 있었다.

가운데 위치한 큰 원의 한가운데에는 붉은색의 무언가가 반짝거리고 있었다.

"아……. 저것이 혹시 마법진의 핵인가?"

정신없이 문양들을 바라보던 레이샤드가 어렵지 않게 붉은색 점의 정체를 파악했다.

마법진의 핵이란 한가운데에 위치한 마법진의 중심을 의미했다.

레이샤드가 마법진의 핵을 알아채자 큰 원의 주변에 자리잡고 있던 여섯 개의 원형 마법진 중심에서 파란색의 무언가가 반짝이기 시작했다.

"아……! 이게 바로 기둥이구나!"

레이샤드는 비로소 마법진의 핵과 기둥의 차이를 인지했다. 마법진의 핵과 기둥 모두 마법진의 중심을 의미했다.

단지 마법진에서 핵이라 불릴 수 있는 건 중앙 마법진의 중심뿐이었다. 그 외의 마법진들의 중심은 전부 기둥이라 불리는 모양이었다.

마법진의 핵과 기둥의 의미를 깨달은 레이샤드는 다시 한번 빛의 마탑 북부 지부의 답신을 읽어 내렸다.

마법사 특유의 장황한 설명들이 많았지만 빛의 마탑 북부 지부에서 지적하는 다섯 가지 주된 이유 중 첫 번째가 바로 마법진의 핵을 건드리면 기둥들과의 상호 작용이 깨진다는 것이었다.

그것을 이해한 대로 풀어 보자면 중앙 마법진의 중심을 건드리면 그 중앙 마법진을 보조하는 마법진들의 중심에 문제가 생길 수 있다는 의미였다.

빛의 마탑 북부 지부에서는 그와 관련해 다양한 예시들을 언급했다.

마나의 충돌은 물론 마나의 간섭과 왜곡, 마나 파장의 변화와 마나석의 파괴 등 각종 부작용이 생길 수 있다며 경고했다.

하지만 레이샤드로서는 마기를 밀어내는 마법진의 동력을 범위를 확장하는 쪽으로 돌리자는 게 어째서 이토록 많은 문제를 야기하는지 납득하기가 어려웠다.

"저기 말이야. 혹시 내가 원하는 마법진을 그려줄 수 있어?"

레이샤드가 다시 천정을 올려다보며 물었다. 그러자 대답 대신 시커먼 어둠이 요란한 소리를 내며 울었다.

레이샤드는 그것을 긍정의 의미로 받아들였다.

지금까지 시험의 궁에서 일어나는 모든 변화에 전부 어둠이 관여했다는 사실을 알아챈 것이다.

"그럼 말이야. 아베론 성에 펼쳐진 마법진의 구조를 볼 수 있을까?"

레이샤드가 다소 어려운 주문을 했다.

마법진의 구조란 실제 마법진을 펼친 당사자들이 아니고 서야 함부로 확인을 할 수가 없었다.

마법진은 한 번 펼쳐지면 작동을 일시적으로 멈추거나 그 소용이 다할 때까지 마나를 방출한다.

그렇게 활성화된 마법진에 함부로 들어갔다간 마나 충돌로 인해 소멸이 될 수도 있었다.

레이샤드도 큰 기대를 하지는 않았다.

시험의 궁이 놀라운 능력을 가지고 있다는 사실은 알고 있었지만 설마하니 아베론 영지의 복잡한 마법진 구조까지 알아내기는 어려울 것이라 여겼다.

그러나 시험의 궁은 그런 레이샤드의 예상을 비웃기라도 하듯 탁자의 한가운데 복잡한 마법진의 구조를 펼쳐냈다.

그것도 수많은 대마법사가 동원되어 아베론 성에 펼쳐 놓았던 중첩 마법진의 구조를 말이다.

"이, 이게 아베론 성의 마법진이라고?"

레이샤드가 놀란 눈으로 천정을 올려다봤다. 그러자 쿠르릉, 하며 어둠이 시원스럽게 울음을 터뜨렸다.

레이샤드는 정신없이 마법진을 살폈다.

하지만 워낙에 많은 마법진이 중첩되어 펼쳐진 탓일까. 단순히 보는 것만으로는 어떻게 이루어진 구조인지 파악하기가 어려웠다.

"미안한데 이 마법진을 나한테 설명을 해줄 수 있어?"

레이샤드가 다시 천정을 향해 소리쳤다.

만일 시험의 궁이 마법진을 차근차근 설명해 준다면 빛의 마탑 북부 지부의 주장도 수월하게 이해할 수 있을 것 같았다.

그러나 이번만큼은 곤란한 듯 어둠이 일지 않았다.

아무래도 목소리를 통해 레이샤드와 의사소통을 하는 건 불가능한 일인 것 같았다.

"참, 그러고 보니 문지기가 서신을 남겼지?"

레이샤드는 처음 이곳에 왔을 때 문지기가 남겼던 서신을 기억해 냈다.

서신을 남겼다는 것은 글의 형태로 의사 전달이 가능하다는 의미일지 몰랐다.

"이봐, 깨끗한 종이를 잔뜩 준비해 줘."

레이샤드가 천정을 향해 소리쳤다.

후아아아앗!

어둠이 탁자 위로 넘실거리더니 곧 새하얀 종이들이 레이샤드의 키만큼 세워졌다.

"자, 여기에 마법진에 대해 설명을 해줘. 가급적이면 마법 구조도 함께 그려주고 말이야."

레이샤드가 종이를 한 움큼 잡아들며 소리쳤다.

만일 자신의 예상이 맞는다면 새하얀 종이 위해 복잡한 마법진 구조의 풀이가 잔뜩 새겨질 것 같았다.

그러나 한참을 기다려도 종이 위에는 아무런 변화가 없었다.

처음부터 불가능한 부탁이었나?

그것이 아니면 뭔가 빼먹은 게 있나?

잠시 고심하던 레이샤드의 눈에 탁자 위를 굴러다니는 펜이 들어왔다.

"아! 여기 있는 펜으로 마법진에 대한 설명을 종위 위에 써 줘. 내가 이해하기 쉽도록. 부탁해."

레이샤드가 펜을 집어 들며 말했다.

그 순간 레이샤드의 손에 들려 있던 펜이 종이 위로 날아가더니 무언가를 열심히 끼적거리기 시작했다.

레이샤드는 기대에 찬 눈으로 펜의 움직임을 살폈다.

잠시 후, 빽빽해진 종이 한 장이 허공을 가르며 레이샤드의 앞으로 떨어져 내렸다.

레이샤드는 두 손으로 단단히 종이를 움켜잡았다. 그리고 종이에 적힌 내용을 빠르게 훑어 내렸다.

〈아베론 영지 중첩 마법진의 기본 구조〉라는 제목이 붙은 첫 번째 장에는 레이샤드가 아무리 살펴도 이해하지 못했던 마법진들에 대한 명칭과 기능들이 적혀 있었다.

이토록 상세한 내용은 빛의 마탑 북부 지부의 지부장이 아니고서는 알 수 없는 것들이었다.

"됐다!"

원하던 답을 얻은 레이샤드가 이내 주먹을 움켜쥐었다.

이로써 골치 아팠던 마법진 수정 계획의 실마리가 손에 잡혔다.

6

본래라면 레이샤드가 며칠을 붙잡아도 이렇다 할 답을 내리지 못했을 것이다.

애당초 빛의 마탑 북부 지부에서 이토록 복잡하고 난해한 서신을 보낸 건 레이샤드의 기를 꺾기 위함이지 진짜 답을 원해서가 아니었다.

하지만 시험의 궁 덕분에 레이샤드는 〈아베론 영지 마법진 수정 계획〉 서류를 고작 다섯 시간 만에 완독했다.

그것도 빛의 마탑 북부 지부에 보낼 답장까지 포함해서 말이다.

"후우……. 이제 이건 끝났고, 다음엔 뭐지?"

레이샤드는 쉬지 않고 다음 서류 뭉치를 집었다.

레이샤드가 집무실에서 가져온 서류 뭉치는 총 여섯 개였다.

가급적이면 시험의 궁 안에서 모든 서류를 전부 살펴보고 싶었다.

두 번째 서류는 영지의 행정구역에 관한 보고서였다.

현재 아베론 영지에서 통용되는 행정구역은 지금으로부터 100년 전에 만들어진 것이었다. 그리고 그때는 지금보다 영지민의 수가 많아 1만 명에 달했다.

100년 전과 비교했을 때 지금의 아베론 영지의 규모는 10퍼센트 수준으로 줄어든 게 사실이었다.

그렇다면 그에 맞춰 영지 행정구역을 재조정할 필요가 있다는 게 행정 담당인 모비드의 주장이었다.

레이샤드도 모비드의 보고서에 충분히 공감했다.

현재 사용 중인 행정구역 중 영지민이 한 명도 살지 않는 곳이 여덟 곳이나 됐다.

아베론 영지를 효율적으로 다스리기 위해서라도 유명무실해진 지역들을 통폐합하는 게 나았다.

문제는 그 방법이다. 어떤 식으로 영지의 행정구역을 재분배해야 할지를 놓고 아돌프와 모비드의 의견이 서로 갈리는 상황이었다.

레오니스 제국에서 교육을 받은 탓에 아돌프는 제국의 방식을 선호했다.

아돌프는 영주 성의 직영 행정구역을 제외한 나머지를 여덟 등분으로 구분하자고 주장했다.

반면 모비드는 거주 지역과 산업 지역, 기타 지역을 구분할 필요가 있다고 말했다.

둘의 의견에는 장단점이 있었다.

아돌프의 뜻대로 영주성을 기점으로 동서남북과 북동, 북서, 남동, 남서로 구역을 나눈다면 행정구역이 명확해지고 단순해진다는 이점이 있었다.

그러나 경우에 따라서 예전처럼 유명무실해지는 행정구역이 나올 수 있다는 문제점이 있었다.

영주민들을 행정구역마다 골고루 머물게 할 만큼 아베론 영지는 매력적이지 않았다.

반면 모비드의 바람대로 구역을 나눈다면 유명무실해지는 행정구역을 최소화할 수는 있겠지만 그 형태가 명확하지 않고 불규칙해질 가능성이 높았다.

행정구역이 불규칙해지면 신경 쓸 일들도 늘어난다. 덩달아 일이 늘어날 수밖에 없었다.

레이샤드가 생각했을 때 둘의 의견을 잘 조합한다면 좋은 대안이 나올 것 같았다.

하지만 경험이 부족한 탓에 해답이 머릿속에 명확하게 떠오르지 않았다.

"이럴 때는 어떻게 하면 좋지?"

레이샤드가 자신의 고민거리를 천정을 바라보며 말했다.

그러면서 좋은 해결책이 있다면 조금 전처럼 펜을 이용해 종이에 적어 달라 말했다.

그러자 어렵지 않다는 듯 펜이 종이 위를 춤추기 시작했다.

"오호, 이렇게 하면 되겠군."

시험의 궁이 일러준 방법은 그야말로 묘안이었다.

모비드의 주장대로 거주 지역과 산업 지역, 기타 지역을 구분한 뒤에 다시 제국의 방식을 도입해 각 지역을 균등하게 나누었다.

행정구역의 형태가 다소 복잡해지긴 했지만 레이샤드의 바람대로 아돌프와 모비드의 의견을 잘 수렴한 만큼 둘 모두를 만족시킬 수 있을 것 같았다.

"고마워."

레이샤드가 천정을 올려다보며 씩 웃었다. 그러자 멋쩍은 듯 어둠이 나직이 울음을 흘렸다.

세 번째 서류는 아베론 성의 보수와 관련된 보고서였다.

해마다 보수를 해왔기 때문에 크게 문제가 될 만한 건 없었지만 마법진의 영향으로 인해 부분적으로 추가 보수가 필요한 모양이었다.

군무를 담당하는 페터슨은 늘 있어 왔던 일이라며 대수롭지 않게 보고서를 올렸다.

페터슨이 원하는 것은 보수에 대한 허락뿐이었다.

마법진으로 인해 거듭되는 보수 문제를 해결하기 위한 대안을 세우는 게 아니었다.

그것은 아돌프도 마찬가지였다.

아돌프가 덧붙인 서류 내용에는 빠른 결제를 요구한다는 내용만 쓰여 있었다.

아돌프를 비롯해 관리들은 이번 보수 문제가 마법진을 가동시키다 보면 어쩔 수 없이 생겨나는 소소한 부작용이라고 생각했다.

그렇다 보니 누구 하나 심각하게 받아들이지 않았다.

하지만 레이샤드는 매년 일어나는 보수 문제에 대한 진정한 해결책을 찾고 싶었다.

"저기 있잖아, 마법진의 영향으로 망가지는 성을 완벽하게 보수할 수 있는 방법이 뭐야?"

레이샤드가 천정을 바라보며 답을 구했다. 그러자 시험의 궁이 친절하게 종이에 해결책을 써주었다.

마나석 가루를 마법으로 가열해 갈라진 성벽의 틈새를 메우면 됩니다.

"아……!"

레이샤드는 절로 고개가 끄덕여졌다.

마나석을 접착제로 이용한다면 마법진으로 인한 피해로부터 성벽을 장기적으로 보호할 수 있을 것 같았다.

"그런데 말이야, 마나석을 어떻게 가루로 만들지?"

레이샤드가 다시 천정을 올려다봤다.

신물에 마나를 주입해 충격을 가하면 부서집니다.

시험의 궁이 즉시 답을 주었다.

"신물(神物)에 마나를 주입하라고?"

순간 레이샤드는 어안이 벙벙해졌다.

신물이란 신의 힘이 깃든 물건을 의미한다.

마나석을 부술 방법을 물었는데 신물 타령을 하는 걸 보면 그 외에는 방법이 없다는 의미 같았다.

하기야 마나석은 순수한 마나의 결정체이다.

수명이 다한 마나석이 깨지거나 쪼개진다는 이야기는 들어 봤어도 가루가 된다는 이야기는 처음 듣는 것이었다.

"마나석 가루를 이용하는 것 말고 다른 방법은 없는 거야?"

레이샤드가 천정을 향해 외쳤다.

그렇게 하면 보다 좋은 방법을 일러줄 것 같았다. 하지만 시험의 궁의 대답은 레이샤드의 기대를 벗어났다.

없습니다.

짧게 써 갈긴 종이를 바라보며 레이샤드가 헛웃음을 터뜨렸다.

시험의 궁이라 해서 모든 것을 다 알지는 못하는 것 같았다.

7

꼬르르륵.

세 개의 서류 뭉치를 살피고 나자 레이샤드는 배가 고파졌다.

레이샤드가 시험의 궁에 들어온 지도 벌써 여섯 시간이 지났다.

만일 집무실에서 업무를 보고 있었다면 지금쯤 실비아가 가져다주는 점심을 맛있게 먹고 레논 티를 즐겼을 것이다. 하지만 애석하게도 이곳에는 실비아가 없었다.

"배가 고픈데 혹시 먹을 것 없어?"

레이샤드가 천정을 바라보며 물었다.

원하는 것은 무엇이든 들어주는 시험의 궁이었다. 당연히 요기를 할 음식도 준비가 될 것이라 여겼다.

아니나 다를까.

쿠르르릉.

시험의 궁에 낮게 깔린 어둠이 시원스럽게 울음을 터뜨렸다.

"음……. 일단 잘 익힌 암송아지 스테이크와 송로 버섯 구이를 부탁해. 고소한 야채 스튜와 과일 샐러드도, 그리고 제국밀로 만든 빵과 소르데를 준비해 주면 고맙고."

레이샤드가 뻔뻔스럽게 음식을 주문했다. 게다가 그 양도 평소 먹던 것보다 과할 정도로 많았다.

홀로 레이샤드의 수발을 들어야 하는 실비아였다면 자신도 모르게 울상을 지었을 것이다.

이 많은 음식을 전부 나르려면 지하에 있는 주방까지 세 번은 오가야 하기 때문이다.

그러나 시험의 궁에게 그 정도 주문쯤은 대수로울 게 없었다.

쿠르르릉.

식탁 위로 어둠이 넘실거렸다. 그리고 잠시 후 어둠이 사라진 테이블 위에 금세 따끈따끈한 음식들이 나타났다.

레이샤드는 망설이지 않고 스푼을 들었다. 그리고 야채 스튜를 가득 떠서 입안에 넣었다.

꿀꺽.

혀 위로 미끄러지듯 밀려든 야채 스튜가 아무런 이질감 없이 목구멍을 따라 넘어갔다.

"음~ 맛있는데?"

레이샤드는 절로 웃음이 났다.

아베론 영지의 하나뿐인 주방장의 음식 솜씨도 뛰어나지만 이 야채 스튜만큼은 시험의 궁의 맛이 최고인 것 같았다.

스튜를 전부 비운 뒤 레이샤드는 소르데(향이 깊은 과일의 씨앗을 담아 만든 음료)를 한 모금 들이켰다.

본격적인 식사를 하기 전에 입안을 헹굴 생각이었다.

하지만 혀끝을 타고 퍼지는 은은한 과일 향은 아베론 영지에서는 결코 맛볼 수 없는 것이었다.

"이것도 맛있는데?"

레이샤드가 반쯤 비워진 소르데를 들어 올리며 감탄을 터트렸다.

소르데의 그윽한 향 덕분에 야채 스튜의 진한 맛이 깔끔하게 사라져 버렸다.

잠시 여운을 즐긴 뒤 레이샤드는 포크와 나이프를 움직여 스테이크를 썰었다.

잘 익혀 달라는 주문이 쉽지 않았을 텐데도 고기는 뻣뻣하지 않고 부드러웠다.

레이샤드는 정신없이 포크와 나이프를 움직였다.

도대체 어디서 자라는 암송아지로 만든 것인지 모르겠지만 입안에서 고기가 살살 녹는 기분이었다.

그렇게 식사를 마친 레이샤드는 후식으로 레논 티를 준비했다.

여느 때처럼 시험의 궁은 최고급 레논 차로 만든 레논 티를 내놓았다.

"흐음~ 향이 좋네."

김이 모락모락 나는 찻잔을 코끝에 가져다대며 레이샤드

가 씩 웃음을 흘렸다.

앞으로 한 달간 이런 융숭한 식사를 할 수 있다고 생각하니 절로 기분이 좋아졌다.

그렇게 후식까지 말끔하게 비운 뒤 레이샤드는 소화를 시킬 겸 검을 들고 자리에서 일어났다.

너무 포식을 해서일까.

배 안이 가득 찬 기분이었다.

실비아는 식후 곧바로 운동을 하는 건 건강에 좋지 않다고 했다.

그래서 식사가 끝날 때쯤이면 레이샤드의 소화를 돕기 위해 말벗을 자처하곤 했다.

하지만 이곳에는 실비아가 없었다. 그렇다고 실비아를 데려와 달라고 욕심을 부릴 수도 없는 노릇이었다.

"가볍게 검을 휘두르는 건 괜찮겠지."

레이샤드가 한적한 곳으로 걸음을 옮겼다. 그를 따라 어둠이 음산한 소리를 내며 뒤따랐다.

적당히 공간이 확보되자 레이샤드가 단숨에 검을 뽑아 들었다.

후르르릉!

짙은 어둠을 의식한 듯 검이 요란스럽게 울음을 터뜨렸다.

레이샤드는 무리하지 않고 천천히 검을 움직였다.

스앗! 스아앗!

가볍게 흩날린 검날이 주변에 넘실거리던 어둠을 잘라냈다. 그러자 어둠이 비명을 내지르며 저만치 도망쳤다.

처음에는 착각인가 싶었으나 검을 휘두를 때마다 어둠의 자지러지는 외침이 들려왔다.

"흑철로 만들어진 검이라 그런가?"

레이샤드가 검을 바라보며 고개를 갸웃거렸다.

흑철로 만들어진 검이 단단하다는 건 알고 있었지만 그 속에 어둠을 밀어내는 힘이 담겨 있다는 이야기는 들어본 적이 없었다.

"뭐 어쨌든 덕분에 검을 휘두르기는 편해졌네."

겁을 먹은 어둠이 멀찍이 밀려나면서 자연스럽게 검을 휘두를 수 있는 공간이 생겼다.

아무래도 음습한 어둠이 주변에 어른거리는 것보다는 탁 트여 있는 편이 집중하고 검을 휘두르는 데 편했다.

레이샤드는 호흡을 가다듬으며 정신을 집중했다. 내려치기를 위한 자세를 잡은 뒤 두 손으로 쥔 검을 이마 쪽으로 치켜들었다.

"하압!'

정수리 위에서 잠시 멈췄던 검날이 기합성과 함께 쪼개지듯 앞으로 떨어졌다.

후아앗!

대번에 날카로운 파공성이 시험의 궁을 울렸다.

내지른 검의 끝은 정확하게 무릎 앞쪽으로 떨어져 있었다. 검날도 좌우로 흐트러짐이 없이 정확하게 한가운데에 놓여 있었다.

"후우……."

잔뜩 힘이 들어갔던 몸을 이완시키며 레이샤드가 길게 호흡을 했다.

어제까지만 해도 잘되지 않았던 기초 검술인데 오늘은 시작부터 완벽하게 펼쳐졌다.

레이샤드는 연이어 나머지 기초 검술들을 선보였다.

올려치기, 왼 사선 내려치기, 왼 사선 올려치기, 오른 사선 내려치기, 오른 사선 올려치기, 왼쪽 수평 베기, 오른쪽 수평 베기, 찌르기.

우연찮게도 모든 동작이 몸에 익은 것처럼 조금의 이질감도 없이 제대로 펼쳐졌다.

"이상하다. 시험의 궁에 들어와서 그런가?'

레이샤드는 내친 김에 기본 검술까지 욕심을 냈다.

기본 검술은 기초 검술을 서너 가지씩 조합하여 검술의 활용도를 높이는 검술이었다.

기초 검술이 말 그대로 검술의 기초를 닦는 과정이라면 기본 검술은 검술의 연계와 운용이 더해진 형태였다.

기본 검술은 기초 검술과 마찬가지로 검을 잡은 이들이 필수적으로, 완벽하게 몸에 익혀야 할 기본기였다.

그래서 하르베스 폐황태자는 레이샤드에게 자신이 알고 익힌 모든 기본 검술을 가르쳤다.

그 수가 자그마치 열두 가지에 달한다.

어지간한 기사들이 대략 대여섯 개의 기본 검술을 익히고 실전 검술을 익히는 데 비해 레이샤드는 그 두 배를 익혔으니 다소 번잡한 길을 걸은 셈이었다.

그러나 레이샤드는 단 한 번도 하르베스 폐황태자를 원망하지 않았다.

오히려 남들보다 기본기를 탄탄하게 익힐 수 있다며 좋아했다.

기사의 길을 걷지는 않았지만 하르베스 폐황태자는 늘 적과의 대결 중에 궁지에 몰렸을 때 믿을 수 있는 건 기본기뿐이라고 말했다.

남들의 두 배에 달하는 기본 검술을 익혔다는 건 극한 상황에서 살아남을 수 있는 가능성이 두 배가 된다는 의미였다.

물론 열두 가지나 되는 기본 검술을 전부 자신의 것으로 만든다는 건 쉽지 않은 노릇이었다.

기사로서의 자질 여부를 떠나 남들보다 훨씬 많은 시간이 소요되었다.

그러나 다행인지 불행인지 하르베스 폐황태자가 갑작스럽게 목숨을 잃으면서 레이샤드는 실전 검술을 익힐 때를 놓쳐버렸다. 그리고 그 기간 동안 부족한 기본 검술을 갈고닦는 데 주력했다.

그래서 이제는 열두 가지 기본 검술 중 어느 것을 선보이더라도 거리낌이 없었다.

하지만 피치가 만들어 준 검을 들고 기본 검술을 펼치는 건 처음이었다.

흑철검은 수련용 검에 비해 손에 쥔 검은 검폭이 넓고 검신(검의 날부분)의 길이가 길었다.

열네 살 전후로 부쩍 키가 자란 레이샤드의 체형에 맞춰 제작한 것이었지만 그로 인해 수련용 검에 비해 무거워지고 무게 중심도 달라졌다.

"후우……."

잠시 호흡을 고른 뒤 레이샤드가 기본 검술 연속 베기를 준비했다.

연속 베기는 하르베스 폐황태자로부터 가장 먼저 배운 기본 검술이었다. 또한 기본 검술 중에서도 가장 기초적인 것으로 유명했다.

기초 검술이 몸에 균형을 두고 부동자세에서 검을 휘두른다면 기본 검술은 동작이 크고 움직임이 많았다.

그래서 기본적인 검술의 연계 방식 이외에도 보법(步法, 검술에서 발을 내딛거나 움직이는 법)과 호흡법, 공격과 수비의 이치 등을 함께 깨우쳐야 했다.

연속 베기는 말 그대로 베기 동작을 연속적으로 펼치는 기본 검술이다.

정확하게는 사선 올려치기를 한 뒤에 손목을 비틀어 같은 방향으로 사선 내려치기를 하는 게 일반적인 형태였다.

"하압!"

준비를 마친 레이샤드가 벼락처럼 왼쪽 사선으로 검을 쳐 올렸다.

그러더니 잰걸음으로 두어 발 앞으로 움직여 다시 왼쪽 사선으로 검을 내리쳤다.

후앗! 후아앗!

레이샤드의 기세에 놀란 어둠들이 깜짝 놀라 도망을 쳤다. 다소 숨이 거칠어지긴 했지만 연속 베기는 기초 검술들처럼 정확하게 펼쳐졌다.

"후우……."

폐를 뜨겁게 달군 숨을 내쉰 뒤 레이샤드는 다시 연속 베기를 시도했다.

후앗! 후아앗!

이번에도 검날은 평소 연습했던 대로 정확한 궤적을 그리며 허공에서 춤을 추었다.

기분이 좋아진 레이샤드는 연속해서 연속 베기를 펼쳤다. 그런데 스무 번을 넘게 펼쳤는데도 단 한 번의 실수도 발생하지 않았다.

레이샤드가 수련용 검을 사용했을 때에도 연속 베기는 열 번 중 일곱 번 정도나 성공했다.

나머지 세 번은 호흡이 틀어진다거나 균형이 무너져 검의 궤적들이 조금씩 어긋나기 일쑤였다.

물론 열 번 중 일곱 번을 성공시키는 건 대단한 결과였다.

일반적으로 검술의 성공 확률이 50%가 넘을 때에 검술을 익혔다, 라고 평가하는 관례상 충분히 몸에 익혔다고 여겨도 무리가 없었다.

하지만 스무 번이 넘는 연속 베기에서 단 한 번도 틀리지 않았다는 건 이야기가 달랐다.

운이 좋았다고 웃어넘길 수도 있지만 낯선 환경에서 아직 손에 익지 않은 검을 휘둘러 이룬 성과라면 의심이 들 수밖에 없었다.

'갑자기 검술이 는 것은 아닐 테고…… 정말로 시험의 궁이 날 도와주고 있는 것일까?'

레이샤드가 의심에 찬 눈으로 천정을 올려다봤다.

그런 레이샤드의 속마음을 읽기라도 한 것일까.

주변에 넘실거리던 어둠이 쿠르르룽, 하며 나직이 울어댔다.

레이샤드는 호기심을 억누르며 두 번째 기본 검술인 연속 찌르기를 준비했다.

연속 찌르기는 말 그대로 상대를 향해 검날을 연속적으로 찔러 넣는 검술이었다.

본래 검이란 찌르기 공격을 위해 만들어진 병기였다.

그렇다 보니 연속 찌르기야말로 검의 특성을 가장 잘 활용할 수 있는 기본 검술이나 마찬가지였다.

그러나 찌르기는 아홉 가지 기초 검술 중 가장 어려운 것이었다.

검이 흔들리지 않고 곧바로 밀어넣는다는 게 말처럼 간단한 일은 아니었다.

실제 레이샤드도 연속 찌르기는 열 번 중 다섯 번을 겨우 성공시킬 뿐이었다.

특히나 하르베스 폐황태자가 알려준 연속 찌르기는 첫 번째 찌르기 후 몸을 한 바퀴 회전시켜 그 힘으로 보다 강한 두 번째 찌르기를 시도하는 검술이기 때문에 난이도가 상당히 높았다.

"하압!"

레이샤드는 혹시나 하는 기대감으로 검에 몸을 맡겼다.

만일 자신의 예상이 맞는다면 연속 찌르기 또한 실수 없이 완벽하게 성공시킬 수 있을 것이라 여겼다.

아니나 다를까.

첫 번째 찌르기를 끝낸 레이샤드가 가볍게 몸을 돌려 두 번째 찌르기까지 이뤄냈다.

몸을 돌리는 과정에서 어느 한쪽으로 비틀리지도 않았고 호흡이 부족해 형태가 망가지지도 않았다.

그야말로 수십 번을 시도해야 한두 번 맛볼 수 있는 완벽한 성공이었다.

'역시! 시험의 궁이 검술 수련을 돕는 게 틀림없어!'

시험의 궁의 또 다른 능력을 알게 된 레이샤드가 한껏 입가를 비틀었다.

이 능력을 잘 활용한다면 답보 상태였던 검술 실력도 빠르게 향상시킬 수 있을 것 같았다.

9

레이샤드는 제법 오랫동안 검술 훈련에 매진했다.

체감상 느낀 건 서너 시간 정도에 불과했다. 하지만 실제로는 그 사이 여섯 시간이나 지나 있었다.

다시 공복기를 느낀 레이샤드는 천정을 향해 먹고 싶은 음식을 주문했다.

잠시 후 어둠이 탁자를 집어삼키더니 주문했던 모든 요리가 모습을 드러냈다.

레이샤드는 망설이지 않고 요리들을 먹어 치웠다. 여덟 시간이나 검을 휘둘러서인지 요리들이 꿀맛 같았다.

그렇게 식사를 끝낸 뒤 레이샤드는 밀쳐두었던 서류들을 살폈다.

마음 같아서는 조금 더 검술 훈련에 매진하고 싶었지만 그보다는 먼저 영주로서의 임무를 끝내는 게 옳을 것 같았다.

이번에도 레이샤드는 시험의 궁의 도움을 받았다.

레이샤드가 질문을 하면 시험의 궁은 종이에 글씨를 써서 답을 주었다.

덕분에 레이샤드는 세 시간 만에 남은 서류들을 전부 살필 수 있었다.

"서류들은 끝났고, 다시 검이나 휘둘러볼까?"

레이샤드가 홀가분한 마음으로 검을 들고 일어났다.

검집에서 검을 뽑자 놀란 어둠들이 저만치 도망을 쳤다.

레이샤드는 다시 기초 검술과 기본 검술을 반복했다. 이번에도 기초 검술은 물론이고 기본 검술도 완벽하게 펼쳐낼 수 있었다.

하지만 마음먹고 검을 휘둘러보겠다는 레이샤드의 바람은 수포로 돌아갔다.

수련을 한 지 얼마 지나지 않아 정신적인 피로감이 몰려든 것이다.

레이샤드가 시험의 궁에 머문 지도 벌써 열여덟 시간이 지났다.

아베론 성에 있었다면 지금쯤 잠자리에 들었을 터였다.

여섯 뭉치의 서류를 완벽하게 살피는 데 아홉 시간이 걸렸다. 그리고 기초 검술과 기본 검술을 반복적으로 익히는 데 다시 아홉 시간이 소요됐다.

이 정도 고된 일과를 보내면 몸이 녹초가 되어야 정상이었다.

하지만 몸은 이상하리만치 멀쩡했다. 특별히 피로하거나 나른하지도 않았다.

오직 시간의 흐름을 인식한 정신만이 이제 그만 쉬어야 한다고 강요를 하고 있었다.

하지만 레이샤드는 이대로 시험의 궁에서의 시간을 낭비하고 싶지 않았다.

한 번에 시험의 궁에 머무를 수 있는 시간은 하루뿐이다. 그 시간이 지나면 무조건 아베론 궁으로 되돌아가야 하는 게 이곳의 규칙이었다.

앞으로 얼마나 많은 시간이 남아 있는지 정확하게 가늠하긴 어려웠지만 레이샤드는 그때까지 가치 있는 일을 하고 싶었다.

잠은 아베론 성에 돌아가서 자도 충분했다. 시험의 궁에서 잠을 자다가 아베론 성으로 돌아가고 싶지도 않았다.

"잠도 깰 겸 레오니스 소드를 보자."

레이샤드는 품속에서 경험의 책이라 이름붙인 레오니스 소드를 펼쳤다.

예전에 한 번 대략적으로 훑어본 적은 있었지만 정식으로 보는 건 이번이 처음이었다.

그런데……

이 검술은 오직 레오니스 황실을 수호하는 검술 계승자들을 위해 만들어진 검술서이다.

그러니 자격을 갖추지 않은 자는 지금 즉시 책장을 덮도록 하라.

그렇지 않으면 제국이 그대를 용서치 않을 것이다.

레오니스 소드 첫 장에 적힌 경고 문구가 레이샤드의 가슴을 섬뜩하게 만들었다.

레이샤드는 살짝 죄책감이 들었다.

비록 황족이라곤 해도 검술에 대한 자질을 인정받은 것은 아니니 레오니스 검술을 익힐 자격은 없는 것이나 마찬가지 였다.

레이샤드는 다음 책장을 넘기기가 망설여졌다.

레오니스 소드는 단순한 검술서가 아니었다. 제국의 검술 학자들과 기사들이 총동원되어 완성된 대륙에서도 손꼽히는 검술서였다.

그것을 이대로 익혀도 되는 것인지 솔직히 확신이 서질 않 았다.

물론 레이샤드에게는 선택의 여지가 별로 없었다.

열다섯이란 나이는 실전 검술을 익히기에 상당히 늦은 나 이였다.

한두 해 늦어진 격차를 좁히기 위해서라도 가급적이면 상 위의 실전 검술을 익혀야만 했다.

더욱이 레이샤드는 기사가 아니라 영주다.

기사들은 검술 향상을 위해 목숨을 걸지만 영주들은 영지 를 다스리는 게 우선이었다.

그렇다 보니 뒤처진 검술을 만회한다는 게 쉽지 않았다.

많지 않은 수련 시간을 효율적으로 활용하기 위해서라도

상위의 실전 검술이 꼭 필요한 상황이었다.

그런 점에서 봤을 때 레오니스 검술은 무엇 하나 나무랄 것 없는 최고의 검술이었다.

레오니스 검술을 어느 정도만 소화해 낼 수 있다면 여느 기사들 못지않은 검술 실력을 갖추게 될 것 같았다.

하지만 허락도 없이 레오니스 소드에 손을 대는 것은 훗날 문제의 여지가 될 수도 있었다.

단순히 개인 수련을 위해 레오니스 소드를 익히는 거라면 상관없지만 아베론 영지에 언제 전쟁이 벌어질지는 아무도 장담하기 어려웠다.

영주라면 모름지기 병사들을 이끌고 전쟁의 선두에 서야 하는 법.

그때 검술을 펼쳤다가 누군가에게 들키기라도 하면 레오니스 황실의 노여움을 사게 될지 몰랐다.

물론 미래를 위해 레오니스 소드를 은밀히 필사해 왔던 하르베스 폐황태자의 노력을 생각한다면 두 눈 꽉 감고 익히는 게 옳을 것 같았다.

그런데 만일 그 사실을 누군가 알고 있다면? 그리고 하르베스 폐황태자 일가의 사내 중 누군가가 익히길 기다리고 있다면?

그다음은 상상조차 하고 싶지 않았다.

"이걸 어쩌지?"

레이샤드는 뒤늦게 고민에 휩싸였다.

처음 레오니스 소드를 발견했을 때는 그저 기쁘고 고마웠다.

레오니스 소드의 명성에 대해서는 들어본 바가 있으니 자신에게도 행운이 찾아 왔다고 여겼다.

그러나 이제 와 생각해 보니 행운이 아니라 독이 든 성배나 마찬가지였다.

레오니스 소드를 익히면 그에 따른 책임은 전부 레이샤드가 짊어져야 했다.

하르베스 폐황태자도 죽었으니 그를 보호해 줄 방패는 아무도 없는 셈이었다.

그렇다고 이제 와 레오니스 소드를 포기하기도 쉽지 않다.

레오니스 소드를 봤으니 다른 검술이 눈에 찰 리도 없었다.

레오니스 소드에 필적할 만한 검술서를 얻을 수 있다면 또 모르겠지만 그것이 말처럼 쉬운 일은 아닐 터였다.

"하아……. 레오니스 소드처럼 강하면서도 누구나 익혀도 상관이 없는 검술은 없을까."

레이샤드가 나직이 푸념했다. 그렇게라도 하지 않으면 답답한 마음을 가눌 길이 없을 것 같았다.

그런 레이샤드의 주절거림을 요청으로 인식한 것일까.

쿠르르르릉!

갑자기 짙은 어둠이 몰려들더니 레이샤드의 손에 든 레오니스 소드를 단숨에 꿀꺽 집어삼켜 버렸다.

"앗!"

깜짝 놀란 레이샤드가 다급히 손을 뻗었다.

하지만 손에 잡히는 건 연기 같은 어둠뿐이었다. 레오니스 소드는 어디론가 사라져 보이질 않았다.

"지금 뭐하는 거야! 어서 돌려 줘!"

레이샤드가 천정을 바라보며 소리쳤다. 이 말도 안 되는 장난의 주인공이 시험의 궁이라 여긴 것이다.

그러자 다시 어둠이 일렁이더니 레이샤드의 손을 매섭게 휘감았다.

그 순간 사라졌던 레오니스 소드가 레이샤드의 손에 잡혔다.

"후우…… . 장난이 지나치잖아."

레오니스 소드를 품에 안으며 레이샤드가 안도의 한숨을 내쉬었다.

그런 레이샤드의 호들갑이 마음이 들지 않던지 어둠이 나직이 울음을 흘렸다.

한참 동안 마음을 진정시킨 뒤 레이샤드는 조심스럽게 레오니스 소드를 펼쳤다.

레오니스 소드를 익혀야 할지 말아야 할지 마음을 정하기 어려웠는데 시험의 궁의 장난에 기겁하고 나니 그런 고민이 싹 사라져 버렸다.

대륙에 이름난 10대 검술 중 최고라 불리는 게 바로 레오니스 소드다.

그것이 손에 들어 왔다면 일단은 익히는 게 당연한 일일 것이다.

그런데······.

"뭐, 뭐야?"

놀랍게도 레오니스 소드의 내용이 바뀌어 있었다.

고작 인간이 만든 하찮은 검술로 고민을 하시는군요.

레오니스 소드라는 게 제법 훌륭한 검술이긴 하지만 그렇다고 해서 최고의 검술은 아닙니다.

그런 수준의 검술은 널리고 널려 있습니다.

수준 높은 검술을 익히고 싶어 하시는 것 같아서 제가 새로운 검술을 하나 준비했습니다.

이 검술은 감히 최고라 부를 수는 없지만 레오니스 소드와 비교 자체가 치욕적일 만큼 대단한 검술입니다.

아울러 이 검술에는 별다른 제약이 없습니다.

그러니 마음껏 익히셔도 아무 문제가 없습니다.

단, 다른 누군가에게 검술을 일러줄 때는 잘 생각하시기 바랍니다.

이토록 대단한 검술이 함부로 외부에 알려진다면 여러모로 골치 아프게 될 테니까요.

달라진 첫 장의 내용을 읽어 내린 레이샤드는 자신도 모르게 입이 쩍 하고 벌어졌다.

레오니스 소드만 하더라도 감당하기 벅찬 검술이었다. 그런데 레오니스 소드와는 비교조차 할 수 없을 만큼 대단한 검술이라니!

벌써부터 심장이 쿵쾅거리기 시작했다.

레이샤드는 떨리는 눈으로 천정을 올려다봤다.

시험의 궁이 대단하다는 건 알았지만 이런 능력까지 가지고 있을 줄은 미처 예상하지 못했다.

그러나 정작 시험의 궁은 미동조차 하지 않았다. 마치 이 정도 부탁쯤은 우습다는 듯이 말이다.

레이샤드는 순간 겁이 덜컥 났다.

그저 단순히 왕의 자질을 시험하는 정체불명의 공간인 줄로만 알았는데 그것이 아닌 모양이었다.

어쩌면 시험의 궁은 그 어떤 요구를 하더라도 전부 들어 줄 수 있는 능력을 가지고 있는지도 몰랐다.

그렇다면 검술서뿐만 아니라 엄청난 재산이나 죽지 않은 비약을 요구하더라도 상관없을 것 같았다.

'아니야. 내가 지금 무슨 생각을 하는 거지?

자신도 모르게 치미는 욕심을 억누르며 레이샤드가 애써 마음을 진정시켰다.

하르베스 폐황태자는 인간은 늘 자신이 감당할 수 있는 욕심을 부려야 한다고 말했다.

지나친 과욕은 결국 추악한 결과로 이어질 뿐이라며 늘 경계해야 한다고 말했다.

레이샤드는 하르베스 폐황태자의 가르침을 속으로 몇 번이고 되뇌었다.

그러자 거짓말처럼 머릿속을 가득 채웠던 욕심들이 하나둘 사라지기 시작했다.

"후우……."

애써 평정심을 되찾은 레이샤드가 다시 시험의 궁을 올려다봤다.

마음을 진정시켰다고 여겼는데도 무엇이든 다 이루어줄 것 같은 천정을 보자 다시금 욕심들이 스멀스멀 깨어났다.

레이샤드는 어쩌면 이곳이 시험의 궁이라 불리는 이유가 인간들의 욕심을 시험하기 위해서인지 모른다는 생각이 들었다.

만일 그 욕심의 결과들이 아무런 대가 없이 이루어지는 것이라면 레이샤드도 마음속에 들끓고 있는 수많은 욕심을 전부 이루려 했을 것이다.

하지만 그는 이 세상에는 대가 없이 이루는 건 아무것도 없다고 배웠다.

분명 시험의 궁도 무엇인가 바라는 게 있으니 요구를 들어주는 것이라는 생각이 들었다.

게다가 문지기는 한 달 후, 시험의 궁에 머무는 마지막 날 열두 장의 카드 중 하나를 선택해야 한다고 말했다. 그리고 어떤 카드를 선택하느냐에 따라 미래가 달라질 수 있다고 말했다.

어쩌면 얼마나 많은 욕심을 부렸느냐에 따라서 선택할 수 있는 카드가 결정이 되는 것인지도 모를 일이었다.

그렇다면 지금부터라도 감당할 수 없는 욕심은 부리지 않는 편이 나았다.

"욕심을 부리지 말자. 욕심을 부리지 말자."

레이샤드가 마치 주문처럼 간절한 바람을 중얼거렸다.

그것이 못마땅하게 느껴진 것일까.

시험의 궁을 휘돌던 어둠이 불만스러운 울음을 터뜨렸다.

10

시험의 궁에서 꼬박 하루를 보내자 탁자 위에 새로운 서신이 모습을 드러냈다.

오늘 하루가 끝이 났습니다. 이제 그만 돌아가셔도 좋습니다.

서신의 내용을 확인한 레이샤드는 안도의 한숨을 내쉬었다.

시험의 궁의 진정한 정체를 안 이후로 지금껏 긴장된 마음에 아무것도 할 수 없었는데 이제야 비로소 아베론 성으로 돌아갈 수 있게 된 것이다.

"내 도전은 끝났다!"

레이샤드의 떨리는 목소리가 천정을 타고 울려 퍼졌다.

그 순간,

후아아아앗!

눈앞에서 아베론 성으로 통하는 문이 열렸다.

레이샤드는 망설이지 않고 문을 향해 걸음을 내딛었다.

후아아아앙!

다시 눈부신 빛이 레이샤드를 집어삼켰다. 그리고 잠시 후 집무실의 풍경이 눈앞에 펼쳐졌다.

"후우……."

레이샤드는 애써 숨을 골랐다.

낯익은 집무실의 모습을 보니 비로소 아베론 성으로 돌아온 기분이 들었다.

잠시 숨을 돌리던 레이샤드가 일단 자신의 몸부터 살폈다. 다행히도 몸은 멀쩡했다.

시험의 궁에 가져갔던 서류 뭉치들과 검도 탁자 위해 가지런히 놓여 있었다.

"일단 정리부터 좀 해야겠어."

레이샤드는 검을 들어 벽에 걸린 검받이 위에 올려놓았다.

그리고 여섯 뭉치나 되는 두꺼운 서류를 두 번에 걸쳐 나누어 집무실 책상 위로 옮겼다.

그렇게 정리를 마치고 나니 마치 아무 일도 없었던 것 같은 기분이 들었다.

"이만하면 됐겠지."

만족스러운 얼굴로 고개를 끄덕이던 레이샤드가 집무실 의자 위에 털썩 주저앉았다.

집무실로 돌아오니 애써 억눌렀던 피로감이 온몸으로 퍼져 나가는 기분이었다.

하기야 시험의 궁에서 잠도 자지 않고 꼬박 하루를 버텼으니 몸이 무거워지는 건 당연한 노릇이었다.

레이샤드는 마음 같아선 당장 침실로 가고 싶었다.

하지만 애석하게도 창틀 너머로 스며드는 햇살이 너무나도 눈이 부셨다.

지금 이 시간에 잠을 청하려 했다간 게으른 영주라는 소문이 나돌지 몰랐다.

"대체 시간이 얼마나 지난 거야?"

레이샤드가 살짝 미간을 찌푸렸다.

시험의 궁과 현실 간의 시간 차이가 크다는 건 알았지만 그래도 어느 정도는 시간이 흘러 있을 것이라고 예상했다.

그러나 창밖을 살펴보니 태양은 여전히 동쪽 하늘에 치우쳐져 있었다.

아직 점심때가 되려면 멀었다는 의미였다.

시험의 궁으로 향하는 문을 열었던 순간으로부터 고작 한 시간쯤 지난 것일까?

어쩌면 그보다 짧은 시간이 흘렀는지도 모를 일이었다.

"이럴 줄 알았으면 시험의 궁에서 잠이라도 자 두는 건데……."

레이샤드는 뒤늦게 후회가 되었다.

이렇듯 무거운 몸과 나른한 기분으로 다시 하루가 지나길 버틴다는 건 곤욕이나 마찬가지였다.

그렇다고 책상에 엎드려 잠을 청할 수도 없는 노릇이었다.

그 와중에 관리들이 집무실에 들어오기라도 한다면 그만

한 망신이 또 없었다.

레이샤드는 크게 기지개를 켰다.

온몸이 뻐근해질 때까지 기지개를 켜다 보면 나른함도 저 만치 달아날 것이라 여겼다.

그러나 그 정도로는 피로를 몰아내기가 어려웠다.

"일단 뭐라도 마셔야겠어."

레이샤드는 집무실 한쪽 벽에 달려 있는 마정석 위에 가볍 게 손을 올렸다.

그러자 투명하던 마정석이 붉게 달아오르더니 어딘가로 신호를 보냈다.

그로부터 잠시 후,

"영주님, 부르셨어요?"

실비아가 집무실 문을 열며 들어왔다.

"미안한데 지금 좀 졸리거든? 잠을 깰 만한 차가 있으면 가 져다 줘."

레이샤드가 어색하게 웃으며 말했다. 그러자 실비아가 후 다닥 주방으로 달려가더니 큼지막한 차 주전자를 가지고 나 타났다.

"자에린 차예요. 정신을 맑게 해주는 효능이 있어요."

실비아가 찻잔 가득 찻물을 따르며 말했다.

"고마워."

레이샤드는 군말없이 찻물을 들이켰다.

확실히 청아한 맛이 입안을 감돌자 피곤함이 조금 가시는 기분이었다.

"지난밤에 잠을 못 주무셔서 그러시는 거 아니에요?"

실비아가 걱정스런 얼굴로 말했다. 레이샤드가 졸음을 호소하는 게 간밤의 수면 부족 때문이라고 여기는 모양이었다.

"차를 마시니까 이제 괜찮아졌어."

레이샤드가 애써 웃어 넘겼다.

그렇다고 실비아에게 시험의 궁에서 하루를 꼬박 보냈다는 사실을 말해줄 수는 없는 노릇이었다.

"더 필요하신 게 있으면 언제든지 불러주세요."

실비아가 마지못한 얼굴로 집무실을 나섰다.

전담 하녀라곤 해도 영주의 신성한 집무실에 이유도 없이 오래 머물 수는 없는 노릇이었다.

"후우, 실비아한테는 거짓말을 못 하겠다니까."

그런 실비아를 바라보며 레이샤드가 슬쩍 웃음을 흘렸다.

하녀이기 이전에 실비아는 레이샤드에게 친누나, 그 이상의 존재나 마찬가지였다.

다시 한 잔 가득 자이렌 차를 마신 뒤 레이샤드는 품속에 넣어 두었던 성장의 책을 꺼냈다.

본래 이 안에는 레오니스 소드가 필사되어 있었다. 하지만 지금은 전혀 다른 검술서가 담겨져 있었다.

레오니스 소드보다 대단하다는 검술이란 대체 무엇일까?

레이샤드는 호기심 어린 마음으로 책장을 넘겼다.

대개 검술서의 첫 부분에는 검술의 이름과 기본적인 유래에 대해 적혀 있는 게 일반적이었다.

단순히 강해지려는 도구로만 검술을 익히지 말고, 기사도(기사로서 가져야 할 예법과 마음가짐)에 입각해 검술을 익히고 계승, 발전시키라는 바람을 내포하고 있었다.

본래 넓은 의미의 기사란 검을 비롯해 병장기를 쥐고 다루는 모든 이를 지칭하는 말이다.

그렇다 보니 기사의 길을 걷지 않는다 하더라도 기사도의 정신을 받드는 게 일반적인 기사 견습생(기사가 되기 위해 노력하는 이들)의 자세였다.

레오니스 소드에도 검술이 만들어진 유래에 대해 자세하게 적혀 있었다.

만일 레이샤드가 레오니스 소드를 배울 수 있는 자격을 갖췄다면 지금쯤 레오니스 소드의 내력을 살피며 뿌듯한 마음을 감추지 못했을 것이다.

하지만 시험의 궁이 새로 만들어 준 검술서에는 검술의 이름은 물론 유래에 관해서도 적혀 있지 않았다.

그저 곧바로 검술의 기본 동작부터 언급되어 있었다.

이례적인 일이었지만 레이샤드는 크게 의미를 두지 않았다.

어쩌면 아무런 제약이 없는 검술이기 때문에 특별한 내력을 기록하지 않은 것인지도 몰랐다.

그보다는 비교적 자세하게 설명이 된 기본 검술에 눈길이 갔다.

실전 검술이라고 해서 곧바로 고급 검술을 다루는 것은 아니었다.

고급 검술에 활용하기 위한 기본 검술을 먼저 익혀야만 했다.

검술서에 나온 기본 검술은 총 여덟 가지였다.

다만 레이샤드가 지금껏 익혀 왔던 기본 검술들에 비해 하나같이 복잡하고 난해한 게 익숙해지기까지는 상당한 시간이 필요할 것 같았다.

이 기본 검술들을 지하 연무장에서 홀로 수련하려면 고생깨나 해야 할 것 같았다.

하지만 레이샤드에게는 시험의 궁이 있었다. 쓸데없는 욕심을 부리지 않는 한 시험의 궁은 최고의 수련 장소나 마찬가지였다.

"그런데 마나 익스핀은 어디에 있지?"

레이샤드는 검술서를 넘겼다. 그러자 기본 검술에 이어 고급 검술, 그리고 필살 검술이 눈에 들어왔다.

마나 익스핀에 대한 설명은 가장 마지막 장에 있었다. 그런데…… 그 설명이 일반적인 마나 익스핀과는 그 궤를 달리하고 있었다.

일반적으로 마나 익스핀은 크게 두 가지 기능을 가지고 있었다.

하나는 명상과 호흡을 통해 흡수한 마나를 정제(精製)하여 몸 안의 마나 홀(순수한 마나를 저장할 수 있는 그릇)에 축적시키는 기능이고 다른 하나는 그렇게 축적된 마나를 정해진 마나 통로를 통해 움직이게 하거나 몸 밖으로 끌어낼 수 있도록 돕는 기능이었다.

이 같은 첫 번째 기능을 가리켜 퍼스트 익스핀이라 부르며 두 번째 기능을 세컨드 익스핀이라 칭했다.

흔히 알려진 바에 따르면 퍼스트 익스핀을 할 때 정해진 자세와 함께 명상을 취하는 게 옳다고 했다.

그래야만 집중력이 좋아질 뿐만 아니라 외부의 마나를 효율적으로 내부로 끌어들일 수 있다고 설명했다.

그러나 시험의 궁이 전해 준 검술서에는 퍼스트 익스핀을 할 때 따로 정해진 자세가 없다고 말했다.

어떤 자세든 상관이 없이 마음을 편히 가지고 외부의 마나를 흡수하겠다는 생각을 가진다면 자연스럽게 퍼스트 익스핀이 시작된다고 적혀 있었다.

레이샤드는 께름칙한 얼굴로 검술서를 덮었다.

다른 건 다 이해하고 넘길 수 있지만 일반적인 통념에서 벗어나는 퍼스트 익스핀만큼은 쉽게 납득하기가 어려웠다.

자세에 구애받지 않는다는 게 꼭 기본적인 틀이 없는, 완성되지 않은 마나 익스핀처럼 느껴졌다.

마나 익스핀이 온전치 않은데 무작정 검술을 익히기란 불가능했다.

그렇다고 이제 와 다른 검술서를 찾아 헤맬 수도 없는 노릇이었다.

"어찌한다……."

레이샤드는 생각이 많아졌다. 그렇게 꼬박 하루가 지날 때까지 레이샤드의 고민은 계속되었다.

『영주 레이샤드』 2권에 계속…

이제부터 전자책은

이젠북

www.ezenbook.co.kr

새로운 세계가 열린다!

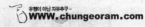

용병귀환

유왕 판타지 장편 소설

**수십 년 전, 용병왕의 등장으로 생겨난
왕국과 용병의 세계.
평소엔 한없이 가볍지만 화나면 누구보다 무서운,
놀고먹고 싶은 그가 돌아왔다!**

하지만 바람과는 달리 과거 그의 앙숙과 대륙의 판도는
도저히 그를 놓아주질 않는데……

"용병은 그냥, 돈 받고 칼을 빌려주는 놈들이니까."

그의 용병 철학은 단순했다.

"물론, 누구에게 빌려주느냐가 문제겠지?"

A Book Publishing CHUNGEORAM

유행이 아닌 자유추구
WWW.chungeoram.com